LES

BONS PETITS ENFANTS.

La petite fille bienfaisante

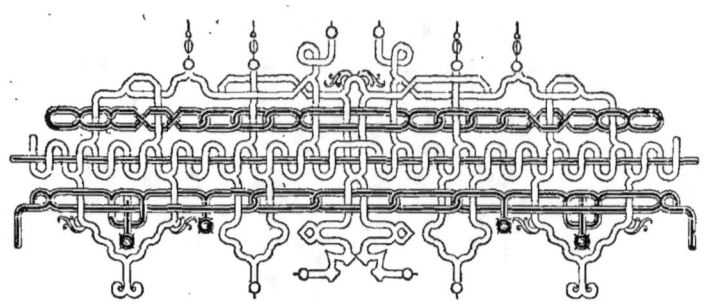

LA

PETITE FILLE BIENFAISANTE.

La petite Marie, âgée de neuf ans, était douée d'un excellent cœur. Elle avait profité des sages leçons et du vertueux exemple que lui donnaient ses parents, qui la chérissaient; chaque jour on découvrait en elle une nouvelle preuve de sa bienfaisance et du désir qu'elle éprouvait de ne point causer du chagrin à ceux qui, sur la terre, doivent remplacer l'Etre suprème qui est au ciel; aussi on ne refusait rien à Marie, Marie était bien heureuse!!!

Madame Giraldin, sa mère, avait l'habitude de lui donner chaque année, pour le jour de sa fête, le 15 d'août, une somme de cinquante francs, pour qu'elle en fit l'usage qui lui conviendrait. Pour la neuvième fois ce jour était revenu pour Marie. Sa mère, après l'avoir tendrement embrassée, lui avait remis les dix grosses pièces blanches, qui était toujours la récompense de sa sagesse.

Comme me voilà riche, disait l'aimable petite fille en comptant son argent : oh ! cela adoucira la misère d'un infortuné !

Madame Giraldin, émue, la pressa tendrement contre son sein.

Marie conservait ordinairement, pendant toute cette journée, un certain air de gravité et de réflexion qui l'élevait au-dessus de l'enfance, et ce n'était pas sans plaisir que son père et sa mère l'avaient toujours remarqué. Le travail, l'étude, était négligés pendant tout le jour : on laissait à l'enfant une liberté dont elle n'abusa jamais.

Voilà donc Marie possédant cinquante francs. Comment va-t-elle les employer? les malheureux sont abondants partout; et certainement elle pourrait à l'instant donner jusqu'à sa dernière pièce; mais la raisonnable petite fille aime à placer fructueusement ses bienfaits : la vieillesse, l'infirmité, ont des droits plus sacrés à sa bienfaisance; son âme enfin est plus satisfaite lorsque c'est une main tremblante par l'âge qui reçoit ses dons.

Elle songe à tout cela en se promenant dans les champs. La campagne qu'habitaient les parents de Marie n'était éloignée du bois de Vincennes que de quelques minutes; souvent, dans ses courses, elle était arrivée jusqu'au pied du donjon;

elle aimait les bois touffus qui l'entourent et le cachent même aux regards, elle cueillait les fleurs qui se trouvaient sous ses pas ; elle s'asseyait ensuite, en faisant des guirlandes et liait de gros bouquets, tout en écoutant le chant mélodieux des oiseaux.

La nuit l'avait souvent surprise dans cette agréable occupation, et alors, vaguement effrayée du silence de la forêt et de l'obscurité, elle précipitait sa marche et arrivait près de sa mère, qu'elle craignait toujours d'alarmer par son absence.

Ce jour-là, tout en songeant à l'heureux qu'elle doit faire, Marie prend la route du bois ; elle s'assied au pied d'un arbre et se met à rêver.

A peu de distance de l'enfant, et couché sur le gazon, était un jeune homme dont les traits pâles et maigres sont presque entièrement cachés par de longs et abondants cheveux noirs. Il semble profondément affligé ; il pousse des soupirs fréquents.

Marie l'a d'abord remarqué : Il a l'air bien souffrant, se dit-elle; mais quelle est la cause de sa tristesse ? Maman m'a souvent répété qu'il est des êtres qui souffrent par leur faute : la paresse, la gourmandise, et bien d'autres défauts, dont ils n'ont point voulu se corriger. Non, ce ne sera point ce jeune homme qui sera mon protégé d'aujourd'hui.

A peine Marie vient-elle d'avoir cette pensée qu'elle entend les sanglots du jeune étranger. Il parle tout haut ; elle prête l'oreille ; elle entend ces mots : « O ma bonne mère ! il faudra donc que je te voie mourir de faim, moi qui donnerais ma vie pour assurer la tienne ! O mon Dieu ! vous le savez, disait-il en levant ses yeux baignés de larmes vers le ciel, j'ai cherché du travail, sans jamais me lasser et toujours sans succès. Oh ! Paris ! Paris ! combien vous recelez de cœurs froids et égoïstes ! Personne ne comprend ma souffrance ; on

rejette la prière de l'amour filial. Oh! que je suis malheureux! »

Le jeune homme pleure avec plus d'amertume, et cache
sa tête dans ses deux mains. Marie sent aussi des larmes hu-
mecter ses paupières; la douleur de ce fils lui paraît aussi
juste qu'elle doit être : « Voir mourir de faim une mère! est-
il un supplice pareil? Oh! il aura mes cinquante francs!
Mais comment l'aborder? je n'oserai jamais. »

Elle se sent timide et craintive; elle le regarde toujours
pourtant...

L'étranger, en proie aux plus sombres pensées, n'a point
aperçu la petite fille; il continue de sangloter.

Marie n'y peut tenir davantage, elle s'avance doucement,
et comme elle marchait sur l'herbe, aucun bruit ne révèle sa
présence à l'adolescent; elle le contemple en silence, et son
petit cœur bat avec tant de force qu'elle ne peut proférer une
seule parole. Doucement elle se répète, comme pour ranimer
son courage : Voir sa mère mourir de faim!

— Monsieur! dit-elle! »

Le jeune homme relève la tête, et semble surpris de voir
quelqu'un si près de lui; il est bientôt debout, et se dispose
à fuir. Marie l'arrête en lui disant :

— Ecoutez-moi, je vous en prie; j'ai entendu votre plain-
te, et quoique bien petite encore, je puis vous aider dans
votre misère.

L'enfant découragé semble douter d'une protection; d'ailleurs celle qui veut le consoler est un enfant aussi : son air
exprime le doute. Marie s'en aperçoit; elle lui dit ingénu-
ment :

— Oh! si vous n'avez point de confiance en mes paroles,
je vous prouverai que je ne vous en impose point; mes parents sont bien humains; on pourra secourir votre pauvre
mère.

— Ma mère! dit alors l'étranger, comme si ce mot magique
lui eût à l'instant rappelé toutes ses souffrances, oh! oui,
elle est bien malheureuse.

— Je le sais, dit Marie; j'ai tout entendu, et je puis l'empêcher de mourir de faim, dit-elle avec un sourire angélique.
Asseyez-vous là à mon côté, et racontez-moi pourquoi on vous
laisse manquer de tout, lorsque vous paraissez avoir la bonne
volonté de travailler.

Le jeune homme, enhardi par les manières et la douce
voix de la petite, se rassied près d'elle.

— Ecoutez donc, dit-il, puisque vous avez surpris mon
triste secret:

» Mon père est mort pour la patrie; ma mère n'a plus que
moi au monde pour soutenir sa vie. Hélas! depuis mon berceau, je vis couler ses pleurs; car elle n'a eu que la misère
en partage.

» Le malheur fut mon seul maître. J'ai passé bien des nuits
dans l'étude pour pouvoir plus tard être utile à celle que j'appris à chérir en venant au monde. Nous habitions une province éloignée de la capitale; ici pourtant un frère de ma
mère jouissait d'une abondance dont le superflu pouvait nous
assurer une honnête existence. Ma mère lui écrivit il y aura
bientôt deux ans; elle lui demandait un secours; une réponse
nous arrive; il nous engageait à venir le rejoindre. J'avais
alors douze ans, nous vendîmes notre pepit mobilier, et nous
prîmes la route de Paris; mais, hélas! en entrant dans le
vaste et bel hôtel de mon oncle, nous eûmes la douleur de
voir toutes les murailles tendues de noir; il venait d'expirer.
Nous nous fîmes connaître à une femme qui donnait orgueil-
leusement des ordres pour les obsèques. C'est à peine si elle
nous répondit; elle se dit la seule maîtresse de la maison. »
Votre frère n'avait rien, dit-elle; il devait tout à mes bien-

faits. » Elle fait alors compter deux cents francs à ma mère,
et nous met à la porte sans plus de cérémonie.

» Jugez de notre désespoir ! Ma pauvre mère m'embrasse et
me dit : « Je n'ai plus rien au monde que toi, mon bien-aimé
Jules ! » Je la rassurais de mon mieux, et lui disais : Tiens,
maman, regarde mes bras, ils sont bien solides, et je suis
bien fort ; je travaillerai. « Pauvre petit, disait-elle en sou-
riant au milieu de ses larmes. »

» Oh ! si vous saviez quelle jouissance on éprouve en taris-
sant la douleur de sa mère ,. dit le jeune étranger, dont la
douce physionomie s'anima un instant ; et puis il répéta amèrement : Mais aussi combien il est cruel de la voir là, man-
quant de tout, et prête à mourir de faim !

— Continuez donc, dit la petite, désireuse de le consoler.

— Nous cherchâmes un petit logement, reprit-il, et c'était
toujours en tremblant que nous regardions notre petite fortune, qui devait finir bientôt, disait ma mère ; alors que de-
viendrons-nous ? J'avais mon projet en tête ; je ne lui en par-
lai pas, dans la crainte de le voir échouer. Chaque jour, après
avoir tendrement embrassé mon unique amie, je rôdais dans
les rues de Paris ; j'étais émerveillé de tout ce qui s'offrait à
mes regards, moi qui n'avais jamais reposé ma vue que sur
les toits fumants des chaumières de mon village. Cette vie,
ce mouvement que je voyais dans la ville, relevaient mon
courage. Tout le monde est occupé, disais-je, et dans un pays
aussi grand et aussi civilisé, il est impossible que nous ne
puissions pas être à l'abri de la misère. Les jours s'écoulaient
pourtant avec rapidité, et les deux cents francs étaient presque à leur terme. Quoique sans expérience encore, je tremblai
malgré moi. Un jour, plus triste que de coutume, je lus
sur un carton posé sur la porte d'une boutique : *Ici on demande des apprentis.* Il faut entrer là, me dis-je avec joie.
Un vieillard, à la tête chauve, aux yeux perçants, à la voix

cassée, me demande ce que je désire. — Du travail, lui
dis-je.

— Ah ! j'entends, vous voulez entrer comme apprenti.

— Oui, Monsieur. Combien me donnerez-vous par jour ?

» Il sourit à ma question.

— Un moment, me dit-il, vous êtes bien pressé de gagner ;
il faut, avant de recevoir un paiement, faire votre apprentissage.

— Mon apprentissage ? lui dis-je presqu'en pleurant ; et si
pendant ce temps-là ma mère meurt de faim ?

— On l'enterrera, me dit-il sans se déconcerter.

» Je ne voulus pas en entendre davantage, et m'éloignai
aussitôt d'un homme dont le cœur était aussi dur. Je m'assis
contre une borne, je versais des larmes ; un homme vient à
passer, il me regarde avec intérêt, paraît touché de ma douleur et veut en connaître la cause : je lui dis tout.

— Pauvre enfant ! me dit-il, suivez-moi, je pourrai vous
être utile.

» Je ne me fis point répéter cet ordre. Nous arrivâmes bientôt
dans une rue étroite ; il entra dans une maison sale et ob-
scure ; nous pénétrons dans une chambre où plusieurs jeunes
gens étaient occupés autour d'une table remplies d'outils.
C'était l'atelier d'un bijoutier ; mon protecteur parle bas un
instant avec le patron, tous deux me regardent.

— Avancez, mon petit ami. Voulez-vous être apprenti ?

— Oui, Monsieur, pourvu que je puisse gagner quelque
chose pour ma mère.

— Ah ! dam ! c'est bien difficile ; les commencements sont
durs ; mais puisque vous paraissez avoir la bonne volonté de
bien faire, j'aurai soin de vous. Je ferai un sacrifice en votre
faveur : je vous donnerai dix sous par jour ; vous aurez avec
cela un pain de quatre livres.

» Je restai confondu, moi qui avais rêvé pour ma mère une
aisance qui me paraissait impossible.

— Cela vous va-t-il? Ecoutez : pendant six mois vous
n'aurez que cela; mais, cette époque finie, vous aurez dix
sous d'augmentation. Allons! décidez-vous donc.

» J'acceptai cette offre.

— Quand commencerez-vous?

— Demain matin.

— Bien, mon enfant; à demain.

» Me voilà parti. J'arrivai chez nous, je fis part à ma mère
de tout ce que j'avais fait.

— Mon pauvre Jules! me dit-elle, tu es un ange.

» Et elle me serrait avec transport dans ses bras. Ses
pleurs arrosaient ma figure.

— Bien, dit-elle à son tour, j'ai aussi songé à travailler;
vois-tu ces chiffons sur cette chaise : c'est du travail cela. Et
elle souriait avec bonté.

» Comme si le malheur allait se lasser de nous poursuivre,
de bonne heure, et avant tous les autres, j'étais rendu à l'a-
telier. On me donna un balai, et j'appropriai l'appartement.
Oh! ce travail ne pouvait m'humilier; j'avais été élevé à
l'école de l'adversité, et d'ailleurs n'était-ce pas pour ma
bonne maman que je travaillais? Je me mis avec ardeur à la
besogne, je contentai mes maîtres. Chaque semaine j'appor-
tais trois francs à la maison; en recevant cette somme, le
prix de mon labeur, ma mère pleurait de joie.

» Nous étions ainsi occupés depuis trois mois environ, lorsque je m'aperçus que ma mère me trompait; oui... elle me
trompait! Ah! il est bien certain que le *chef-d'œuvre d'amour
c'est le cœur d'une mère.* Lorsque je venais prendre mon modeste repas, je me plaignais toujours d'être seul à table,
c'est-à-dire elle était là attentive auprès de moi, elle coupait
mon pain, me versait à boire, et m'engageait tendrement à

manger; dans ses yeux brillait une joie céleste lorsque je faisais honneur au repas qu'elle m'avait généreusement préparé. Elle disait toujours qu'elle avait dîné, et qu'elle ne pouvait attendre l'heure à laquelle on me permettait de sortir. Dans mon inexpérience, j'ignorais qu'un ménage est un gouffre d'argent et ne songeais point que son travail en rapportait très-peu. Un jour, après m'être gorgé comme à l'ordinaire, je regarde ma mère; elle me paraît changée, ses traits sont tirés, et une pâleur mortelle est répandue sur toute sa figure. Je me sens éclairé tout d'un coup par la vérité. « Maman, lui dis-je, en m'arrêtant aussitôt, tu n'es plus la même, tu t'imposes des privations pour moi, et, ingrat que je suis, je n'avais point encore songé à tout cela! » Elle veut se défendre; elle rougit, elle balbutie, et je demeure convaincu.

— Eh bien! lui dis-je avec force, tu me feras mourir de chagrin si tu ne partages chaque jour mon dîner, et, malgré l'obéissance que je te dois, je te jure que je n'avalerai un seul morceau sans que tu en prennes la moitié. Elle condescendit à ma prière; mais, hélas! un autre supplice commença pour moi; souvent alors nous manquions tous les deux, et nous nous regardions avec une profonde tristesse. Oh! Mademoiselle, que Dieu vous préserve jamais de subir de pareilles angoisses!

» Les six mois qui devaient augmenter mon salaire venaient d'expirer. Tout joyeux, je me présente un matin à l'atelier; je demande qu'on tienne les demandes qui m'avaient été faites.

— Ah! ah! me dit le maître, il est vrai; mais je ne puis tenir à ma parole; je ne serai pas plus exact que vous.

» Indigné, je réponds : — Qu'ai-je donc fait, Monsieur, pour me traiter aussi cruellement?

— Taisez-vous, me dit-on, vous avez été plus gratifié que tous les jeunes garçons plus anciens que vous.

» Qu'attendre d'un patron aussi déloyal. Je restai sans voix; puis, prenant un peu de courage, je m'éloignai sans plus tarder. Avant de retourner près de ma mère, je cherchai encore de l'ouvrage dans plusieurs autres maisons, et toujours inutilement. Il fallut pourtant rentrer, ne voulant point alarmer ma mère, je la trouvai baignée de larmes; dans cet instant je n'osai lui avouer notre nouvelle infortune; au contraire, je cherchai à faire renaître en son cœur une espérance que je n'avais plus!...

» C'était hier, Mademoiselle, que cela se passait; ce matin, depuis sept heures, je parcours toutes les boutiques, tous les ateliers de Paris, partout même réponse, partout l'égoïsme répond froidement à ma prière, pas une main amie ne s'est tendue vers moi, Je n'attends plus rien des hommes, et si Dieu ne vient à mon secours, ma mère et moi sommes perdus. La tête brûlante et le cœur déchiré, j'ai fui cette grande cité, et suis venu chercher la solitude pour pleurer en liberté!

Vous savez tout maintenant, jugez donc si j'ai tort de me lamenter

» Marie profondément émue, écoutait silencieusement les malheurs de ce pauvre enfant.

— Je peux vous donner le temps de chercher de nouveau de l'occupation, dit-elle, en vous offrant ce que je possède. C'est aujourd'hui la fête de la sainte Vierge; je me nomme Marie, c'est aussi la mienne. N'en doutons point, c'est la mère de Jésus-Christ qui m'a conduite vers vous. Prenez cela, dit elle en s'efforçant de sourire.

Elle veut remettre les cinquante francs dans les mains du jeune étranger, qui les repousse aussitôt.

— Je n'oserais jamais, dit-il, accepter cela; oh! non,

jamais, et il avait une main sur son cœur et levait ses yeux
au ciel.

— Ingrat! dit l'aimable petite fille, vous préférez voir
mourir de faim votre malheureuse mère plutôt que d'accepter
un léger secours de moi. L'argent que je vous donne de si
grand cœur m'appartient; il m'a été donné aujourd'hui par
maman, pour que je puisse soulager un infortuné. Prenez
donc, dit-elle, impatientée de la résistance qu'on lui oppose.

Le jeune homme, étourdi par tout ce qu'il voit, par tout ce
qu'il entend, se croit sans doute sous le prestige d'un de ces
rêves qui tant de fois avaient réjoui son sommeil.

— Eh bien! dit Marie presque en colère, vous me le ren-
drez plus tard, puisque vous paraissez si fier; mais, de grâce,
sauvez votre mère!

Le jeune garçon, à ces mots, ne peut plus résister; il
tombe à genoux, il adresse tout haut une touchante action de
grâces à l'Eternel, et se retournant vers Marie :

— Puisse aussi cette bienfaisance que vous savez si noble-
ment pratiquer vous porter bonheur! La joie brille sur le
front de cet aimable fils. Oh! comme ma mère va être heureuse aujourd'hui! cinquante francs! répéta-t-il plusieurs fois.

— Je vais vous donner mon adresse, dit alors Marie, radieuse de félicité. Promettez-moi bien de venir me chercher
si jamais vous vous trouvez dans une semblable gêne; me
le promettez-vous? Maman est riche, et pourra aussi obliger
la vôtre.

— Oui, dit le modeste Jules, je ne vous oublierai jamais,
soyez en sûre!

— Bien, dit Marie; maintenant, sans plus de retard,
rendez-vous auprès d'elle. Adieu.

— Adieu donc, Mademoiselle!

Il s'éloigne rapidement. Marie le regarde jusqu'à ce que les
arbres le dérobent à sa vue.

— Oh! cet argent me pesait. Encore un de soulagé par moi, dit-elle; et elle s'éloigne aussi.

Sublime bienfaisance, de quels délices inondes-tu le cœur qui te ressent.

Marie reprend le chemin de la campagne; cette fois elle ne songe point aux fleurs, elle les foule avec indifférence; ce n'est plus un enfant, elle est tout entière à ce qu'elle vient d'entendre, et pendant tout le trajet elle a mille fois répété : « Pauvre fils, comme il est heureux! »

Madame Giraldin embrasse sa fille; elle ne lui adresse aucune question sur sa promenade. Marie aime à cacher les malheurs qu'elle soulage, elle ne peut s'empêcher de dire pourtant :

— Oh! maman, je n'ai plus rien, mais je suis bien contente.

Pendant long-temps la jolie petite fille conserva le souvenir de cette journée. Deux fêtes de Marie étaient encore revenues depuis lors, et elle se disait quelquefois : « Je n'ai plus revu le pauvre Jules; oh! il m'avait dit qu'il ne m'oublierait point. Aura-t-il eu assez? est-il enfin heureux? Dieu ne l'aura point abandonné; il ne délaisse jamais l'enfant vertueux et celui qui respecte et aime sa mère. »

Marie avait douze ans, et le 15 d'août luisait encore. Madame Giraldin avait réuni chez elle une nombreuse et brillante société pour prendre part à un somptueux dîner qu'elle donnait à l'occasion de la fête de sa fille chérie. On venait de sortir de table depuis quelques minutes, lorsque le bruit d'un carrosse se fait entendre. Il paraît s'être arrêté devant la maison; un laquais se présente et s'arrête à Marie; on demande à parler à mademoiselle Giraldin.

— Faites entrer, dit la mère.

Peu d'instants après, une dame vêtue avec élégance paraît au salon; elle est appuyée sur le bras d'un grand jeune

homme également bien mis; Marie se lève et va au-devant de
ces personnes qui lui sont inconnues et qui désirent la voir.

— Mademoiselle, dit alors la dame, c'est, je crois, le jour
de votre fête; j'ai cru devoir vous apporter pour bouquet
l'hommage de ma sincère gratitude. Un cœur noble et généreux, tel que vous le possédez, apprendra avec une vive
satisfaction que c'est à vous seule que je dois la vie, la fortune que je possède, et la conservation d'un bien encore plus
précieux que tout cela, le bonheur de mon fils.

— Vous vous trompez, Madame, dit Marie, je n'ai rien
fait de tout cela.

— Je suis bien sûre de ce que je dis, répond la belle étrangère, jouissant de son touchant embarras.

Mais, ne voulant point le prolonger, le jeune homme s'approche de l'enfant, lui prend familièrement sa petite main.

— Eh quoi! lui dit-il, avez-vous déjà oublié le bois de
Vincennes et le malheureux petit Jules, à qui vous donnâtes
vos cinquante francs pour empêcher que sa mère mourût de
faim?

Marie n'avait d'abord point reconnu dans cet étranger le
pauvre Jules; ses traits expriment le bonheur; elle se jette
au cou de la dame en s'écriant:

— Oh! combien je fus heureuse de vous sauver du désespoir avec si peu!

Quelle scène! Madame Giraldin pleurait et recevait avec
délices toutes les félicitations bien justes qu'on lui adressait
au sujet de sa vertueuse enfant, qu'elle serrait contre son
cœur.

L'étrangère est assise à côté de l'heureuse mère.

— Oui, dit celle de Jules, il est quelquefois des positions
si pénibles dans la vie qu'un rien nous précipiterait au tombeau, comme la plus légère marque d'intérêt peut nous arra-
cher d'un précipice, et nous conduire au bonheur. J'en étais

arrivée à ce point sans les cinquante francs de la jeune Marie;
le désespoir se serait infailliblement emparé de nous. Je ne
vous dirai pas la joie que mon fils fit éclater lorsqu'il revint
des bois. « Maman! s'écria-t-il, un ange m'est apparu; tiens,
nous voilà riches. » Alors il me raconta son étonnante aven-
ture; je vis dans ce secours l'œuvre d'une Providence qui ne
délaisse jamais ceux qui croient en elle. Dès le jour même,
après avoir mangé quelque chose, car le pauvre enfant était
encore à jeun, il chercha du travail; Dieu le conduisit chez
un notaire qui demandait un jeune clerc; cet honnête homme,
voyant l'air malheureux de mon fils, le questionna; il voulut
me connaître. Lorsque je lui eus fait part de mes infortunes,
sans omettre les circonstances malheureuses qui me privaient
d'un bien-être certain, la mort de mon frère, comme il avait
entendu parler dans son étude d'un cas semblable, il me de-
manda le nom du défunt; je le lui dis.

» Aussitôt il s'écrie :

— Oh! Madame, séchez vos pleurs, vos peines sont finies,
vous allez être riche.

» J'exprimai le doute; mais il me fit tout comprendre. Un
testament de mon frère était chez lui; Jules était son unique
héritier; on avait, dans le temps, arraché au pauvre vieillard
une donation qui devenait nulle par cette dernière pièce.

— Grand Dieu! m'écriai-je, Jules va donc goûter le vrai
bonheur!

» Un an venait à peine de s'écouler que nous étions seuls
possesseurs des richesses de mon frère; j'habitais ce bel hôtel
dont on m'avait inhumainement chassée. Je songeais toujours
à Marie, avec laquelle je voulais lier connaissance; des
affaires m'ont éloignée pendant long-temps de la capitale;
Jules me parlait d'elle continuellement, et s'accusait d'ingra-
titude. Aujourd'hui enfin nous la remercions, et nous ferons

compliment à sa mère d'avoir donné le jour à une aussi charmante enfant ! »

Elle cessa de parler, la bonne mère de Jules, et elle embrassait avec une tendre effusion la petite fille qui lui rendait ses caresses. Madame Giraldin était rêveuse, une idée importante semblait l'occuper.

— Comment se nommait monsieur votre frère ? dit-elle a l'étrangère.

— Dorval.

— Ciel ! je ne me suis point trompée, ma sœur fut son heureuse épouse, elle mourut après six ans de mariage ; elle me parlait souvent d'une sœur de son mari, qui habitait une province, et qu'elle aimait sans la connaître.

» Marie, c'est à un parent que tu portas secours. »

A ces mots, les deux dames sont enchantées de se reconnaître, toute la société prend part à la joie commune. Marie recueille les doux fruits de sa bienfaisance, et, ravie d'une joie si pure, elle s'écrie :

— Oh ! maman, voilà la plus belle fête que j'aie jamais passée !

Mes chers petits lecteurs, vous comprenez bien le bonheur de toutes ces personnes réunies : c'était Marie qui en était la seule cause !

O précieuse bienfaisance, vous procurez à l'âme une satisfaction aussi pure que vive, que les cœurs égoïstes ne ressentiront jamais !

Barbou frères Editeurs

Imp. Lemercier, Paris

Vie de François Albini.

VIE DE FRANÇOIS ALBINI.

François Albini naquit en Italie, sur la fin du siècle passé, de parents aussi distingués par leur vertu que par leur naissance. Sa mère, qui savait que la piété est la première qualité que doit avoir un enfant, lui en fit sucer, pour ainsi dire, les principes avec le lait. Les noms sacrés de Jésus et de Marie furent les premiers mots qu'elle lui apprit à prononcer. L'Oraison dominicale, la Salutation angélique et les princi-

paux mystères de la religion furent les principales connaissances dont elle orna son esprit et sa mémoire.

Le jeune Albini, à qui l'on ne cessait de dire que Dieu
est notre premier maître, et que ce n'est que pour le connaître et l'aimer qu'il nous a donné la vie, écoutait ces ins-
tructions salutaires avec toute l'attention dont il était capable. Il sollicitait continuellement sa mère de les lui répéter,
et ne se lassait pas de les entendre qu'il ne les eût entièrement retenues. Aussi, dans peu de temps, il fut beaucoup
plus instruit qu'on ne l'est communément à son âge. Il n'a-
vait pas encore sept ans qu'il était en état de répondre sur
tous les articles du petit catéchisme.

Ces connaissances prématurées ne furent pas en lui une
semence stérile; elles produisirent bientôt les fruits les plus
abondants. Le pieux enfant faisait ses délices de la prière.
On ne pouvait pas lui faire un plus grand plaisir que de le
mener à l'église, et la manière dont il s'y comportait faisait
bien voir qu'il y était conduit par un véritable esprit de
piété. Il se serait fait une peine de s'y tenir assis ou de bout
sans nécessité, d'y parler et d'y tourner la tête de côté et
d'autre, comme font la plupart des enfants. On l'y voyait
toujours à genoux, les yeux fixés vers l'autel, et adressant à
Dieu de ferventes prières.

Mais jamais il ne faisait paraître plus de respect et de
dévotion que pendant le temps du saint sacrifice de la Messe.
Comme il savait que c'est pendant ce saint temps que Jésus-
Christ descend sur nos autels pour s'immoler à son Père en
notre faveur, il ne croyait pas pouvoir en trop faire pour
lui témoigner son amour et sa reconnaissance. Quelque bruit
qu'il entendît dans l'église, il n'interrompait jamais ses
prières pour voir ce qui s'y passait.

Cette tendre piété était accompagnée en lui d'une attention extrême à conserver son innocence, et à éviter tout ce

qui aurait pu en ternir l'éclat. Il suffisait qu'on lui dit qu'il
y avait du péché, ou même du danger à faire une chose,
pour qu'il se l'interdît entièrement. Il n'attendait pas même
qu'on l'en avertit, dès qu'il eut assez de lumières pour connaître ce qui pouvait être funeste à son innocence.

Un jour qu'Albini sortait de classe, un de ses condisciples
l'aborda, et lui présenta une brochure intitulée : *Recueil
d'histoires galantes*, en lui disant que c'était un livre tout-
à-fait amusant, et qu'il aurait certainement du plaisir à lire.
Albini, qui savait que ces sortes d'ouvrages ne sont propres
qu'à corrompre les mœurs, n'eut pas plus tôt lu le titre que
dissimulant son dessein :

— Je vous suis obligé, lui dit-il, de m'avoir procuré un
livre que vous dites si amusant ; j'en ferai l'usage que j'en
dois faire, suivez-moi seulement jusqu'à ma chambre.

L'écolier, qui jugeait du cœur d'Albini par le sien, et qui
ne se doutait de rien, l'accompagna avec plaisir. Ils arrivent
justement au moment qu'on venait d'allumer le feu.

Albini s'en approche avec son condisciple, et, tirant aussitôt le livre de sa poche, il le jette au milieu des flammes,
et dit en même temps à son compagnon :

— Voilà l'usage que je fais et que vous auriez dû faire
vous-même du livre pernicieux que vous m'avez présenté.

Ces paroles, prononcées d'un ton ferme et avec un air
enflammé, firent tant d'impression sur le jeune libertin,
qu'il n'osa pas se plaindre de la démarche du pieux enfant,
et que, ne pouvant soutenir la confusion dont il se sentit
accablé, il se déroba promptement aux regards d'Albini,
dont il ne put s'empêcher d'admirer la sagesse et la retenue.
Le pieux enfant se comporta à peu près de la même manière
dans une autre accasion où on lui présenta une estampe in-
décente ; il ne l'eut pas plus tôt entrevue qu'il détourna les
yeux, en disant qu'il fallait la brûler.

Ces sentiments du jeune Albini étaient soutenus par sa
conduite : il ne se contentait pas d'éviter avec soin tous les
écueils qui auraient pu être funeste à son innocence, il
prenait encore tous les moyens propres à la conserver. La
modestie, qui en est comme la fidèle gardienne, était sa vertu
favorite, et il avait fait, comme Job, un pacte avec ses yeux,
pour ne rien voir de tout ce qui aurait pu blesser ses regards
et irriter ses passions naissantes. A cette rare modestie, il
joignait, comme nous l'avons dit, un amour extrême pour
la prière, et une tendre dévotion pour la sainte Vierge, qu'il
regardait comme la protectrice de son innocence. Il s'était
fait une loi de se confesser tous les quinze jours, et ce fut là
sans doute ce qui lui procura cette grande délicatesse de
conscience qui l'alarmait à la vue même de l'ombre du
péché.

L'innocence de sa vie, le désir extrême qu'il montrait
pour communier, et l'application avec laquelle il s'y pré-
parait, engagèrent le prêtre qui était chargé de la direction
de sa conscience, à l'admettre à la table sainte plutôt qu'on
y reçoit communément les enfants. Il commençait à peine
sa onzième année qu'on lui permit de faire sa première communion. On ne pouvait lui annoncer une nouvelle plus
agréable. Il remercia son directeur avec les plus vifs transports d'allégresse; et, depuis ce moment, il ne songea plus
qu'à redoubler ses soins pour purifier son cœur de plus en
plus, pour y préparer à Jésus-Christ une demeure qui fût
moins indigne de lui. C'est pour cela qu'avant de communier, il fit une confession générale de toute sa vie. A voir le
torrent de larmes qu'il répandit, et la vive douleur dont il
fut pénétré, on eût dit qu'il n'y avait point de plus grand
pécheur que lui sur la terre. Cependant il n'avait jamais
souillé par aucun péché mortel la précieuse robe de son innocence ; mais les lumières de la grâce dont il était éclairé,

lui faisaient regarder les moindres fautes comme autant de monstres odieux, et il ne pouvait se consoler d'avoir offensé un Dieu qui voulait bien devenir lui-même sa nourriture.

C'est dans ces sentiments qu'il passa le temps de sa re-traite. L'heureux moment après lequel il soupirait depuis si long-temps arriva enfin, et il eut le bonheur de recevoir son Dieu : mais il serait impossible d'exprimer les vifs sen-timents de piété dont il fut animé pendant cette sainte ac-tion. Ce n'étaient que soupirs, que larmes, que transports d'amour et de reconnaissance.

Jamais fils ne montra plus de respect et plus de soumission envers ses parents. Il ne leur parlait jamais que la tête dé-couverte et les yeux baissés. S'il arrivait qu'ils lui fissent quelque reproche, il les écoutait modestement, et ne répon-dait autre chose, sinon qu'il était fâché de leur avoir déplu, et qu'il ferait tous ses efforts pour se corriger.

Au reste, cette soumission n'était point l'effet d'une crainte basse et servile ; elle avait une source plus pure : elle venait du tendre amour qu'il avait pour les auteurs de sa naissance. Il avait coutume de dire qu'après Dieu il n'aimait rien tant que ses parents, qu'il ne craignait rien tant que de leur dé-plaire. Il regardait le moindre signe de leur volonté comme un ordre absolu qu'il ne lui était pas permis de transgresser ; il faisait de leurs désirs la règle de ses actions ; et, dans plusieurs occasions, il s'abstenait de certains plaisirs inno-cents qu'il aurait pu se procurer, dans la crainte qu'ils ne fussent pas de leur goût.

— Je ferais bien cela, disait-il ; mais peut-être papa se fâcherait.

On conçoit bien qu'on n'eut pas beaucoup de peine à plier à l'étude un enfant de ce caractère. Le jeune Albini s'y porta de lui-même dès qu'il fut en état de s'y appliquer, et ses maîtres n'avaient avec lui d'autre peine que de modérer son ardeur excessive pour le travail. Il était entre leurs mains comme un jeune arbrisseau à qui l'on fait prendre toutes sortes de formes, sans qu'il résiste jamais aux mouvements de celui qui arrange ses branches.

Une application constante au travail, et une parfaite soumission aux avis et aux leçons de ceux qui veillaient sur son éducation rendirent bientôt le jeune Albini supérieur à tous ceux qui parcouraient la même carrière que lui. Ses condisciples ne pouvaient s'empêcher de reconnaître sa supériorité; mais ils n'en étaient point jaloux, parce qu'il joignait à une grande capacité une modestie et une politesse encore plus grandes. Jamais il ne connut ces airs de fierté qui dégradent le mérite, et qui sont plus méprisables que l'ignorance même. Il l'emportait presque sur tous ses condisciples par sa science et par sa naissance; mais à voir la modestie, la déférence et la douceur dont il usait envers eux, on eût dit qu'il leur était inférieur en tout. Il cherchait à leur complaire en toutes les occasions, excepté lorsque sa conscience mettait obstacle à sa complaisance; car alors, bravant avec raison tout respect humain, il ne craignait pas de résister à leurs désirs; mais il le faisait avec tant de politesse qu'ils ne lui savaient pas mauvais gré de ses refus.

C'est ainsi qu'il se comporta les quatre premières années de ses études, pendant lesquelles il se mit en état d'entrer en rhétorique. Il avait alors près de treize ans. Son père, voyant en lui de si belles dispositions, ne songea qu'à le cultiver de plus en plus, et il l'envoya pour cela dans une pension célèbre. Le jeune Albini, en changeant de demeure, ne changea pas de conduite. Son premier soin fut de choisir quelques amis vertueux; mais, comme il ne connaissait pas les jeunes gens qui composaient la pension, et qu'il ne voulait rien hasarder dans un choix si important, il s'adressa à un des ecclésiastiques qui veillaient sur les pensionnaires, pour le prier de l'éclairer dans cette démarche. Celui-ci ne manqua pas de lui indiquer ceux qui se distinguaient le plus par leur piété; et Albini, qu'on ne pouvait connaître sans l'aimer, eut bientôt gagné leur amitié.

On ne saurait croire combien cette liaison, dont la vertu avait formé les nœuds, fut avantageuse à Albini et à ses nouveaux amis. L'émulation louable qui se mit entre eux les fit bientôt croître sensiblement en vertu.

C'était à qui montrerait le plus d'amour pour la piété, et le plus d'application à ses devoirs. L'exemple des uns était un aiguillon pour les autres.

Albini ne cédait en rien à ses compagnons; on peut même dire qu'il l'emporta bientôt sur eux, et qu'il devint en peu de temps l'exemple de toute la pension. On ne voyait rien de puéril dans toute sa conduite; on l'eût pris plus pour un homme formé que pour un enfant de treize ans. La vigilance la plus sévère n'eût pu découvrir en lui la moindre faute. Il était le premier à tous les exercices, soit d'études, soit de piété; il ne se contentait pas même des exercices ordinaires, il demandait souvent la permission d'aller adorer Jésus-Christ dans l'auguste sacrement de nos autels, mais toujours dans des temps où les autres ne pouvaient pas s'en apercevoir, de peur qu'on ne crût qu'il le faisait par un esprit d'orgueil et de singularité.

Du reste sa piété ne le rendait pas fier, sombre ou farouche. Nul pensionnaire qui fut plus complaisant, plus liant et plus poli que lui. Loin de critiquer les défauts des autres, il trouvait toujours des raisons pour les excuser. Il avait toujours un air riant et affable. Dans les temps destinés aux divertissements, il savait s'amuser avec ses condisciples sans gêne et sans contrainte; il allait au-devant de tout ce qui pouvait leur faire plaisir, mais cette complaisance ne dégénéra jamais en faiblesse. Dès qu'une chose était défendue, il se l'interdisait sans respect humain. Il avait coutume de dire qu'il ne se réglait pas sur ce que faisait les autres, mais sur ce qu'il était obligé de faire lui-même, et comme quelqu'un lui proposait un jour l'exemple de ses compagnons pour l'engager à commettre une faute :

— Je sais, répondit-il, qu'ils se comportent comme vous dites : apparemment ils ne voient point de mal dans ce qu'ils font ; mais moi, je ne crois pas pouvoir ni devoir le faire.

Ce que je vais raconter fera encore mieux connaître son exactitude et son courage à braver le respect humain. Ses condisciples, trouvant un jour que le devoir qu'on leur avait donné à faire était trop long et trop difficile, ils s'accordèrent tous à en omettre une partie considérable, espérant que la multitude des coupables leur assurerait l'impunité, et que leur professeur n'oserait pas sévir contre la classe tout entière. Il ne s'agissait plus que de gagner Albini, qui ignorait entièrement ce complot. La chose leur paraissait difficile ; cependant ils ne désespéraient pas d'en venir à bout. Ils vinrent donc lui proposer le dessein qu'ils avaient formé, lui apportant divers prétextes pour l'engager à consentir à ce qu'ils désiraient. Albini écouta tranquillement ; mais, quelque instance qu'ils lui fissent, il leur répondit toujours que, quoiqu'il fût toujours disposé à les obliger en toute occasion, il ne croyait pas pouvoir se prêter à leur désir dans celle-ci ; que, s'ils voulaient, il ferait pour eux le devoir qui leur pesait si fort ; mais que, pour lui, il ne se déterminerait jamais à omettre le sien. Cette réponse ne fut pas du goût de ses condisciples ; mais il l'avait assaisonnée de tant de douceur et de politesse que, bien loin d'exciter leur haine contre lui, elle ne servit, au contraire, qu'à leur inspirer un plus grand respect pour sa vertu. Plusieurs même, frappés de son exemple, abandonnèrent le dessein qu'ils avaient formé, et s'acquittèrent, comme

Albini, du devoir qu'on leur avait imposé ; tant il est vrai que la vertu se fait toujours respecter, et que ceux mêmes qui ont le plus d'éloignement pour elle, se laissent vaincre par ses attraits.

Pendant que le jeune Albini se comportait avec tant de sagesse, le temps destiné à son cours de philosophie s'écoulait : il crut alors qu'il était temps de songer à choisir un état de vie. Dès ses plus tendres années, il avait eu de l'inclination pour l'état ecclésiastique ; mais, comme on lui avait fait entendre, sur ses velléités de l'enfance, que, dans une démarche aussi importante, il fallait surtout consulter le Seigneur, il n'oublia rien pour connaître sa sainte volonté : prières, communions, tout fut mis en usage. Il ne se contenta pas de cela, il voulut encore avoir l'avis de son directeur. Il lui dévoila tous les replis de sa conscience, les vues que Dieu lui donnait, l'attrait qu'il se sentait pour l'état ecclésiastique, les motifs qui l'engageaient à le préférer à tout autre état. Le pieux directeur examina toutes ces raisons avec soin ; et, ayant reconnu, après un mûr examen, que la vocation portait l'empreinte de la volonté divine, il exhorta vivement à la suivre, et à ne point se laisser ébranler par les sollicitations de ceux qui voudraient l'empêcher d'obéir à la voix du ciel.

Il semble que ce sage directeur avait prévu les obstacles qu'Albini aurait à surmonter pour exécuter son pieux dessein. En effet, son père n'eut pas plutôt appris la résolution qu'il avait formée qu'il accourut auprès de lui pour l'en détourner. Il lui représenta avec force qu'en qualité d'aîné de sa famille, il était destiné à la soutenir ; qu'il y avait assez d'autres ecclésiastiques pour défendre la religion, qu'on pouvait se sauver dans tous les états, que sa vocation n'était probablement qu'une illusion, et qu'il ne consentirait jamais à le voir embrasser un état où il n'était certainement

pas appelé.· Ce discours affligea sensiblement le jeune Albini, mais il ne l'ébranla pas. Il répondit modestement et
respectueusement à son père qu'il serait au désespoir de lui
désobéir en quoi que ce fût, mais qu'il ne croyait pas s'op-
poser à sa volonté en suivant celle du Seigneur ; qu'il avait
lieu de croire que sa vocation venait de Dieu, qu'il se sentait une répugnance extrême pour le monde, et qu'il agirait
contre sa conscience en y entrant ; qu'il le suppliait donc,
par l'amour qu'il lui avait toujours témoigné, de ne pas lui
faire violence sur un article d'où dépendait son salut.

Le père ne se laissa point fléchir par ses paroles ; mais,
croyant toujours que sa vocation était l'effet d'un pieux ca-
price, il le retira de la pension, et le rappela chez lui pour
l'y éprouver. Il commença d'abord à le faire voyager, afin
que la nouveauté des objets qui frappaient ses regards lui fit
perdre de vue le projet qu'il avait formé ; ensuite, lorsqu'il
fut de retour, il lui procura tous les amusements qui pouvaient le distraire et lui donner du goût pour le monde.

Il le conduisit dans les compagnies les plus brillantes,
il lui fit envisager le rang distingué qu'il occuperait, et les
grandes richesses qui lui étaient réservées ; mais rien de
tout cela ne put faire changer la résolution à Albini. Plus
il voyait le monde de près, mieux il en découvrait les dan-
gers, plus il apprenait à le craindre, à le mépriser ; et,
après trois mois d'épreuves, pendant lesquels il. n'omit
jamais aucune de ses pratiques de piété, il déclara à son
père qu'il se sentait plus porté que jamais à l'état ecclésiastique, et qu'il le priait de ne plus mettre obstacle à ses
désirs.

Le père fut extrêmement affligé de cette nouvelle. Il gé-
mit, il pleura, il fit encore auprès d'Albini toutes les ins-
tances qu'il crut propres à le fléchir. Voyant que rien ne
pouvait ébranler sa constance, et craignant de résister à la

volonté de Dieu en s'opposant à celle de son fils, il lui
donna à la fin son consentement, et lui dit d'une voix
entrecoupée de sanglots :

— C'était sur vous, mon fils, que j'avais fondé l'espérance de ma famille ; mais, puisque Dieu en a disposé
autrement, je ne m'oppose plus à vos désirs, allez...

A ces mots, il l'embrassa en pleurant, et lui donna sa
bénédiction. Albini, de son côté, se jeta à ses pieds et les
arrosa de ses larmes, le remerciant, avec transport, de la
grâce qu'il venait de lui accorder, lui protestant qu'il ne
l'oublierait jamais.

Mais Dieu, dont les jugements sont impénétrables, se
contenta du sacrifice de son cœur, et ne permit pas qu'il
exécutât son pieux dessein; car, tandis qu'il se disposait à
prendre l'habit ecclésiastique et à entrer dans un séminaire,
il fut frappé d'une violente pleurésie, qui l'enleva après trois
jours de maladie. Cet espace de temps, qui aurait sans doute
été trop court pour tant de jeunes libertins, dont la vie
n'est qu'un tissu de désordres, fut plus que suffisant pour
Albini. Comme il avait toujours mené une vie pure et innocente, il fut bientôt disposé et résigné à la mort.

Dès le premier jour de sa maladie, il fit appeler son con-
fesseur, à qui il fit une confession générale de toute sa vie,
avec toutes les marques de la plus vive contrition. Le lendemain matin, il reçut le saint Viatique, avec de si grands
sentiments de religion et de piété qu'il fit fondre en larmes
tous ceux qui étaient présents. La présence de Jésus-Christ
le ravit tout hors de lui-même. Depuis lors il ne s'occupa
plus qu'à faire des actes de foi, d'espérance et de charité,
sans témoigner la moindre impatience, et consolant même
ceux qui pleuraient à ses côtés, en leur disant qu'il s'esti-
mait heureux de souffrir pour un Dieu qui avait tant souffert pour lui. C'est dans ces sentiments qu'il rendit le dernier

soupir, le 15 du mois d'août, jour de l'Assomption de la
sainte Vierge, pour laquelle il avait toujours eu une dévotion particulière. Sa mort affligea sensiblement tous ceux
qui le connaissaient, mais ils en étaient bien consolés par
l'assurance où ils étaient que Dieu ne l'avait retiré de ce
monde que pour le placer dans le séjour des bienheureux.
Ses condisciples surtout étaient entièrement persuadés de son
bonheur, et ils ne pouvaient se lasser de dire :

« C'était un ange, c'était un saint. »

Mais ce qui mit le comble à sa gloire et à son éloge, ce
furent les témoignages que lui rendirent les pauvres et les
malheureux. Il s'était toujours fait un devoir de les assister,
et, dès sa plus tendre enfance, il avait habituellement employé la plus grande partie de ce qu'on lui donnait pour ses
menus plaisirs à leur procurer les soulagements dont ils
avaient besoin. Ainsi ils firent tous éclater, à sa mort, les
regrets les plus vifs et les plus sincères. Il y en eut même
plusieurs qui se rassemblèrent autour de son cercueil, et
qui, le contemplant avec des yeux baignés de larmes,
s'écrièrent en soupirant :

« Nous avons perdu notre bon ami ; mais, comme il était
aussi l'ami de Dieu, il est sans doute à présent dans le ciel,
et le Seigneur lui rendra ce qu'il nous a donné. »

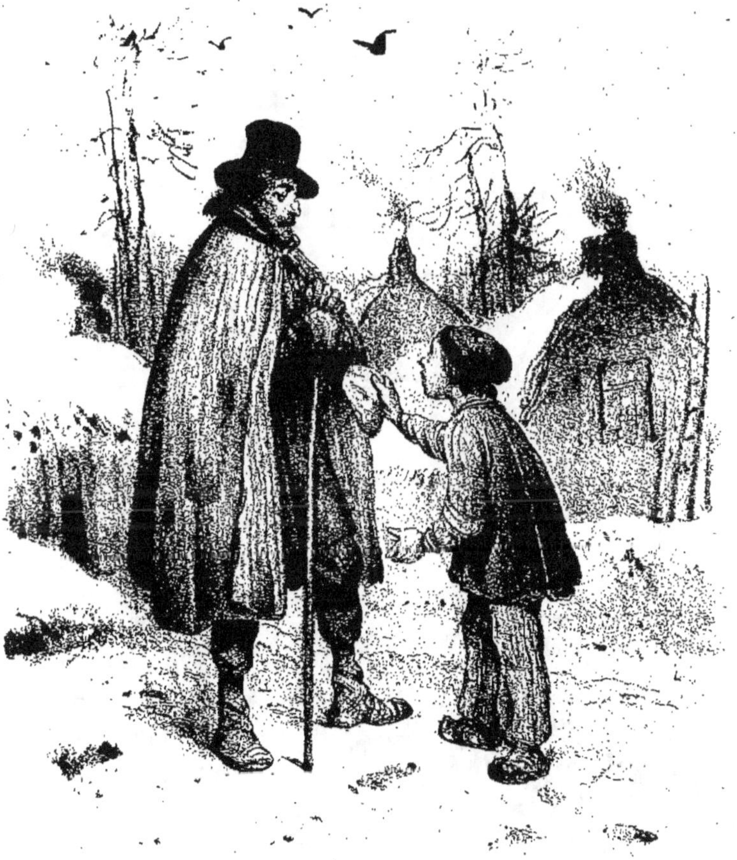

Barbou frères, Éditeurs

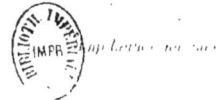

Le petit Mathurin

LE PETIT MATHURIN.

 Dans un pe-
tit village, à
une lieue de
Marseille, vi-
vait une fa-
mille de culti-
vateurs : elle
était composée d'un vieillard octogénaire, et de quatre petits
enfants que la mort d'une fille chérie avait laissés à sa compatissante tendresse, et d'un fils âgé de trente ans, non marié
encore, et dont le travail journalier suffisait à leur procurer
du pain à tous.

Trois petits garçons, dont l'aîné touchait à sa neuvième
année, et une petite fille nommée Julienne, âgée de dix
ans, ne pouvaient guère gagner leur vie ; ils n'étaient donc
pour le père et le fils, qui jusqu'alors avaient vécu dans
l'aisance, qu'un embarras et une charge même ; aussi le
pauvre vieillard, tout en les aimant beaucoup, ne pouvait
s'empêcher de soupirer lorsque chaque soir Joseph, arrivant
des campagnes, déposait la bêche qui seule les nourrissait.
Ne pouvant qu'à peine se traîner dans la chaumière, on
l'entendait alors commander à chaque enfant ce qu'il était
à propos de faire, puis il jetait à la dérobée un coup-d'œil
sur le fils qu'il aimait et dont il craignait de lire un chagrin
sur la physionomie ; mais Joseph, habituellement sérieux,
savait déguiser sa douleur pour ne point affliger son père ; il
portait son fardeau sans se plaindre, heureux lorsque, à
travers les rides et les ombres de la vieillesse, il démêlait un
sourire glisser légèrement sur les lèvres décolorées du vieillard. Si quelquefois il avait montré de l'impatience et de la
vivacité, même dans ses mouvements, c'était lorsque les
orphelins n'étaient point attentifs à satisfaire tous les désirs
de leur aïeul.

Mathurin, le plus jeune des fils, était l'objet de la prédi-
lection générale ; âgé de six ans et demi, il pouvait en re-
montrer à ses frères et à sa sœur, en leur donnant continuellement l'exemple de la soumission la plus parfaite, d'une
prévenance délicate et touchante, et de la plus aimable sensibilité. Cet enfant charmant comprenait, sans qu'on eût
besoin de les lui rappeler, les devoirs que lui prescrivait la
reconnaissance pour les soins qu'on lui donnait.

Si le tremblant vieillard cherchait à se lever de l'antique
fauteuil où il était cloué toute la journée, Mathurin comprenait son moindre mouvement ; agile comme un jeune
oiseau, il lui apportait son bâton, il tendait son petit dos

en lui disant, avec une bonté inexprimable : — Appuie-toi
sur moi, bon papa, je te soutiendrai bien, quoique je sois
bien faible encore. Puis étant parvenu à l'aider à se relever,
il marchait à petits pas, pour ne point hâter la marche du
bon vieillard ; ils faisaient ainsi tous deux le tour de la
chambre, et, lorsqu'il l'avait remis sur son siége, il lui demandait s'il ne souffrait point, et s'il n'était point fatigué.
Les autres enfants, silencieux et spectateurs, cherchèrent
quelquefois à l'imiter ; mais nul n'avait ces attentions, ces
égards, qui partent d'un bon cœur, d'un naturel doux, qui
ne peuvent se commander. Le vieillard aussi en avait fait
bien souvent la différence, et, dans cet examen, Mathurin
avait toujours gagné un surcroît d'affection.

Si Joseph arrivait, c'était des soins de Mathurin que le
bon vieillard entretenait son fils ; alors l'oncle, sensible et
charmé de ce qu'il entendait, attirait l'enfant sur ses genoux,
et déposait un baiser bien doux sur son front rayonnant de
plaisir.

En l'année 1829, l'hiver commençait à se faire sentir
d'une manière cruelle, et menaçait chaque jour de devenir
plus rigoureux encore. La neige couvrait la terre ; glacée sur
elle, elle défiait le soc et la bêche d'y pénétrer ; toute la
nature était triste et silencieuse ; c'était une mère en cour—
roux pour tous ses enfants. Les pauvres cultivateurs rassemblés faisaient entendre des plaintes et des gémissements.

— Le temps se relève-t-il ? dit le vieillard à Joseph d'une
voix sombre et souffrante.

— Non, mon père, il menace de devenir plus mauvais
encore.

Lé vieillard soupira en jetant les yeux sur tous les enfants
rassemblés près de l'âtre vide de bois.

— Mon père, reprit Joseph, devinant la douleur de l'in-
firme, ne vous affligez point tant, notre sort va changer.

Puisque la rigueur du temps nous interdit tout autre travail, nous irons à la chasse.

— Dieu soit béni pour cette heureuse idée ! dit le bon
père en levant ses mains au ciel d'une manière toute pa-
triarcale.

Cependant Mathurin, tout enfant qu'il était, prenait sa
part de l'inquiétude, chaque fois que le chef de la famille
demandait un morceau de bois pour raviver le feu, et qu'il
courait en chercher ; il voyait avec effroi diminuer le petit
tas que Joseph avait amassé dans un coin de la chambre.
Son petit cœur saignait lorsqu'il touchait les mains de son
grand-père, doublement glacées par le froid et par l'âge.

Aussi il conçut un projet qu'il voulut mettre à exécution ;
il sortit furtivement de la cabane ; et, se mettant à courir
pour se réchauffer, il se dirigea dans une forêt peu distante
du village. Mathurin, la figure toute violette, et ne pouvant
garantir ses petites mains du froid excessif qu'en les mettant
sous sa petite veste, ne se sent point découragé ; l'image de
son aïeul tremblotant double ses forces ; il est en peu d'instants au milieu du bois.

Déjà il a ramassé quelques branches qui avaient échappé
aux regards des personnes plus diligentes que lui ; mais,
ô bonheur ! il trouve le secret de s'en procurer en abondance.
Dans un taillis épais, où le corps d'un homme n'aurait pu
pénétrer et que le sien pouvait franchir à peine, il vit un
nombre considérable de racines. C'est le ventre à terre qu'il
s'y traîne, rien ne rebute ce généreux enfant. Il parvient
enfin à retirer petit à petit un fagot énorme, qui le fit sourire d'un bonheur céleste.

Le prévoyant Mathurin avait eu le soin d'apporter une
petite ficelle : il lia son bois aussi bien qu'il le put avec ses
mains glacées et écorchées, et puis il essaya de soulever

son trésor, mais il est si lourd que l'enfant trébuche et tombe sur la neige.

— Mon Dieu ! comment faire , dit-il en pleurant ; s'il passait ici quelque âme charitable. Mais non, tout est désert. Oh ! mes frères, ma sœur, que n'entendez-vous mes cris : mais, hélas ! ma voix se perd dans l'espace.

L'infortuné se résigne à retirer quelques racines de son fagot , lui qui le trouvait déjà si mince. « Pourquoi donc suis-je si jeune ? » disait-il amèrement.

Ne renonçant point aux morceaux qu'il avait soustraits à sa charge et qui lui avaient coûté tant de généreux efforts , il les porta dans un coin du taillis , et les couvrit d'un tas de neige pour les cacher aux regards des passants.

Le vieillard s'était aperçu de la sortie de son bien-aimé petit-fils. Il était bien éloigné d'en connaître la cause ; mais la nuit s'approchant, il commença à s'alarmer sérieusement ; les yeux constamment tournés vers la porte, il attendait son retour. Puis, lorsque le vent soufflait, et que les toits en frémissaient, en ébranlant la frêle chaumière, un saisissement profond s'emparait du vieillard. Le microscope de la peur grossissait le danger que pouvait courir ce cher petit rejeton. Julienne et ses frères n'étaient point tranquilles non plus , ils ajoutaient encore à l'inquiétude du grand-père par des réflexions dont ils ne connaissaient point l'effet sur l'âme timorée de l'octogénaire.

— Mon Dieu ! que j'ai froid , disait Denis.

— Prends un morceau de bois, répondit le vieillard.

— Il n'y en a plus , grand-papa.

— O mon Dieu, venez à notre secours ! et ramenez-moi Mathurin. Il joignait fortement et avec désespoir ses mains vénérables. Ma chère Julienne, dit-il , donne-nous de la lumière. Cette obscurité redouble ma frayeur, cette absence de Mathurin me devient insupportable. Oh ! si j'avais encore la faculté de marcher, j'aurais déjà battu tous les environs pour le retrouver. Le pauvre petit malheureux sera tombé, glacé de froid, dans quelque coin.

— Mais, grand-papa, voulez-vous que nous allions chercher Mathurin ?

— Partez donc, mes chers enfants, et revenez au plus tôt pour me tirer de cette affreuse perplexité ; n'allez pas rester aussi, songez que je souffre et que je gémis, et que tous les anges accompagnent vos pas. Oh ! ramenez-moi mon cher Mathurin, courez au plus tôt.

— Tranquillisez-vous, bon papa, nous serons bientôt près de vous.

Mais en ce moment la porte s'ouvre, et l'enfant, chargé du bois précieux, paraît dans la cabane.

— Voilà pour passer la soirée plus gaîment, dit-il en jetant son fagot au milieu de la chambre ; et, courant aux genoux de son aïeul, il lui dit : Pardonne-moi de t'avoir inquiété si long-temps, père : c'était pour te réchauffer que je suis sorti.

Le vieillard, attendri de ce dévouement sublime, éprouvait un sentiment de bonheur difficile à exprimer ; des larmes remplissaient ses yeux, et, posant ses mains sur la tête du petit, qui se baissa avec respect, il fit alors une prière mentale ; c'était une bénédiction qu'il donnait à l'enfant.

— Comment, Mathurin, dit Julienne, tu as pu porter cela tout seul ? Pourquoi ne nous avoir point aussi emmenés ? Nous sommes donc toujours obligés de t'imiter ? Bon petit frère, demain ce sera notre tour, tu resteras près de papa.

— Chère Julienne, dit le vieillard, tes paroles me font infiniment de plaisir : il est certain que le cœur de Mathurin est une source inépuisable de vertus ; mais il est beau, ma fille, de savoir en comprendre toutes les délicatesses : imi-

ter une action généreuse et sublime , c'est aussi devenir
vertueux.

Le bon petit Mathurin , avec une grâce toute particulière
à lui , alluma un bon feu : dans les transports de sa joie ,
il aurait tout brûlé en un moment. Le grand-père souriait en
le voyant faire , il lui dit :

— Cher enfant, la soirée est longue, si tu mets tout ton
bois dans la cheminée , nous risquons de nous glacer plus
tard; gardons-en aussi un peu pour demain : savoir acquérir
c'est beaucoup , mais le plus difficile est de savoir conserver
et régler ses affaires comme il faut.

— Il a peut-être bien froid, dit Denis en touchant les
petites mains de Mathurin , encore pleines de sang et toutes
raides.

— Viens que je te les réchauffe, dit l'aïeul , et il les en-
veloppa sous sa houppelande. Joseph ne revient pas, continua le vieillard; Dieu fasse qu'il revienne sain et sauf. Mes
enfants, prions pour lui, prions pour cet homme généreux,
qui n'a de la vie que les amertumes, la vieillesse inutile,
l'enfance débile ; voilà ce qui l'entoure , et à quoi il songe
continuellement.

— Oh ! il est si bon mon oncle, dit Mathurin.

— Oui , mon enfant, il possède le meilleur cœur possible; prions.

Tous les petits et Julienne se mirent à genoux. Le respec-
table aïeul sortit un gros chapelet de sa poche et se mit reli-
gieusement en prières; tous les enfants se mirent à genoux
et prièrent avec lui. Ces êtres si vertueux passèrent une
heure dans cette occupation que leur amour pour leur com-
mun bienfaiteur leur avait dictée comme un devoir sacré.
Chacun reprit sa place autour du foyer, dont la flamme pétil-
lante avait réveillé la joie et chassé pour la soirée les cruelles

agitations que procure un mal physique joint aux souffrances morales.

Dix heures sonnaient à l'horloge du hameau, et le feu venait de jeter sa dernière lueur ; le temps était toujours fort mauvais ; on songea à se coucher.

— Joseph est bien long-temps dehors, s'écria le bon vieillard.

En cet instant on frappa à la porte ; Joseph, tout joyeux, s'offrit aux regards de sa famille.

— Bonne nouvelle, mon petit, dit-il : ma gibecière est pleine ; voilà d'abord deux lapins (et il les sortit et les étala sur la table), quatre bécasses, deux douzaines de grives, deux perdrix.

Tout le monde resta en admiration devant cette richesse.

— En voilà pour de l'argent, dit le chasseur ravi devant sa proie : mon bon père, vous voyez que Dieu ne nous abandonne pas.

Le vieillard était heureux : tous les enfants se pressaient autour de leur oncle, lui demandant s'il avait faim.

— J'ai soupé, dit-il, avec François ; je n'ai besoin de rien.

Mathurin lui délaçait ses guêtres, Julienne apportait ses savattes.

— Merci, merci, mes bons enfants.

Et le protecteur et le soutien de la famille promenait sur elle un doux regard de satisfaction et de bonheur.

Le grand-père alors fit part de la bonne action de Mathurin, ce qui lui attira de tendres baisers.

— Oh ! demain ce sera notre tour, dirent Julienne et les autres.

— J'admire, dit Joseph, que c'est toujours le plus petit qui vous donne le bon exemple : toi, Julienne, qui es la plus âgée et la plus forte, ne devrais-tu pas songer à tous les besoins de notre père ?

Jamais Joseph n'avait été aussi expansif ; c'est que la joie change le caractère : c'est comme un soleil bienfaisant qui vient tout-à-coup colorer une froide nature.

On se coucha : une heure après tous les habitants de la cabane goûtaient les douceurs du plus parfait repos.

L'aurore, pâle et languissante, annonça une journée aussi terrible que les précédentes ; on n'était que dans le mois de décembre, l'hiver devait durer trop long-temps encore pour tous les malheureux. Joseph se dirigea vers la ville de Marseille, où il espérait se débarrasser avantageusement de sa chasse ; plusieurs de ses amis le rencontrèrent au marché : on acheta, sans presque marchander, tout ce que renfermait la gibecière : quinze francs furent le prix qu'il en obtint.

— Quinze francs ! s'écria-t-il ; mais voilà de quoi nourrir ma famille pendant quinze jours : d'ici ce temps-là j'aurai renouvelé ce commerce. Allons ! je vais peut-être m'enrichir : il n'y a qu'un pas du mal au bien.

Et Joseph formait mille projets pendant la route qui le ramenait au hameau. Il jeta tout triomphant ses trois grosses pièces blanches sur la table.

Ce son métallique produisit une heureuse influence sur l'humeur du vieillard et des petits enfants : on ne songea plus qu'au bonheur qui désormais allait remplacer le souci de ne savoir comment passer l'hiver.

Mathurin surtout se sentait tout réjoui, et témoigna toute sa satisfaction par des démonstrations affectueuses, qui charmèrent le grand-père et l'oncle.

Julienne, fidèle à sa promesse, était partie avec son frère Victor, le plus âgé des garçons ; on espérait un bon fagot pour la veillée ; elle ne tarda pas à rentrer, mais sa charge était moins forte que ne l'avait été celle du petit ; elle pleurait, s'étant disputée avec son frère : ils se plaignirent tous deux d'avoir ressenti des douleurs dans les pieds et dans les mains, et de la rareté du bois.

J'irai demain encore, dit Mathurin; je connais l'endroit où il y en a beaucoup, et si papa veut se contenter de la société de Denis, nous irons tous trois.

Joseph hocha la tête voulant dire : C'est toujours lui qui trouve tout facile : c'est que la bonne volonté est le meilleur guide.

— Oh ! dit encore Mathurin, comme pour excuser sa sœur qu'il aimait tendrement, il fait plus froid aujourd'hui qu'hier.

Julienne alors prépare une bonne soupe, dont la fumée excite la gaîté de tous les enfants. Quelques grives, trop fracassées par le plomb pour les vendre, furent plumées ; elles devaient être mangées par la famille, qui depuis long-temps n'avait pris un repas aussi délectable : ce fut Joseph qui se chargea de les préparer en salmis, ragoût que le veillard aimait.

Cette journée-là, en effet, était plus rigoureuse que les précédentes : il ne tombait plus de neige, mais un froid incisif pénétrait tous les membres, un vent glacial permettait à peine d'ouvrir la porte, et le soleil, qui paraît en Provence presque tous les jours, n'avait laissé percer aucun de ses rayons sur cette triste contrée.

Pendant que Julienne arrangeait sur la table les assiettes et tout ce qui était nécessaire au repas, une voix étrangère murmurait des paroles : c'était un pauvre qui demandait l'aumône. Mathurin l'entendit le premier.

— Bon papa, dit-il à son grand-père, on nous exhorte à la charité; il fait si mauvais temps : donnons quelque chose à ce pauvre.

— Donne-lui un morceau de pain.

L'enfant obéit : il en prit sur la table, et s'en fit couper

par son oncle; il ouvre alors la porte, l'infortuné n'y était
plus : lassé d'attendre, il cherchait ailleurs ce qu'il croyait
qu'on voulait lui refuser. Mathurin l'aperçut, et courut
après lui.

— Brave homme, cria-t-il, voilà du pain.

Cet étranger était pâle et maigre; il paraissait peu âgé,
mais souffrant beaucoup. Il se retourna vers le petit qui,
tout joyeux de l'avoir atteint, lui remit le morceau de pain.

— Oh ! que j'ai froid, mon enfant, je suis malade. Oh !
si je pouvais avoir une assiétée de soupe, cela me ferait infiniment du bien, je serais alors plus disposé pour continuer
mon voyage.

— Allez-vous loin d'ici ? dit Mathurin.

— A Marseille, mon enfant, et je veux y être ce soir.

— Mon Dieu ! si je pouvais vous donner ce que vous
désirez, je serais bien content.

Il réfléchit une minute.

— Attendez-moi un instant, je vais consulter mon bon
papa qui aime tous les pauvres.

— Allez, mon petit; je vais m'asseoir là.

Mathurin s'exprima ainsi en entrant dans la chaumière :

— Mon cher papa, voudriez-vous donner un peu de soupe
à un pauvre malade? Oh ! si vous voyiez ses souffrances,
vous en seriez attendri.

— Joseph, parlez, dit le vieillard à son fils, que faut-il
faire? Songez que nous serions bien aises de trouver des
âmes compatissantes, si pareil malheur nous arrivait.

Qu'il vienne partager notre fête de famille, dit Joseph.

Mathurin, au comble de la satisfaction, alla annoncer cette
bonne nouvelle au mendiant, qui la reçut avec joie.

— Vous êtes un bon petit garçon, dit-il en s'appuyant sur
l'épaule de Mathurin; Dieu vous bénira à coup sûr, car il

nous commande d'aimer notre prochain comme nous-mêmes, et c'est ainsi que vous agissez.

La soupe était servie lorsqu'ils entrèrent dans la cabane ; les grives étaient cuites ; il n'y avait plus qu'à s'asseoir et à manger.

Tous les yeux se tournèrent sur l'étranger, qui paraissait défaillant.

— Mettez-vous là, près de moi, dit le vieillard.

L'inconnu s'assit avec beaucoup de peine, et puis il se confondit en remercîments.

— Pourquoi tant de compliments pour une chose aussi naturelle ? dit Joseph ; nous sommes plus heureux que vous en vous obligeant. Jamais nous ne restons indifférents pour l'infortune de nos frères, car nous le sommes tous selon Dieu.

— Certainement, c'est ainsi que je pense ; mais combien de riches ne jugent point les choses de cette manière ! que de cœurs froids j'ai rencontrés pendant mon long voyage, qui a fini par détruire ma santé ! L'abstinence que j'ai été obligé de garder malgré moi m'a privé de mes forces. C'est la première fois que je m'asseois à une table hospitalière depuis un mois que je marche.

— Vous venez de bien loin, à ce que nous voyons ?

— De Paris, reprit le pauvre.

— Deux cent trente lieues à pied et par le temps qu'il fait, c'est bien dur !

— Oui, cetainement, lorsque l'on sort de l'hospice et que l'on voyage sans le sou.

— Pauvre homme ! dirent les hôtes attendris. Tenez, mangez cette bonne soupe, cela vous réchauffera l'estomac. Et on lui servit copieusement dans une terrine profonde.

— Dieu soit béni ! et toute votre famille de même, dit-il, Il fit alors le signe de la croix avant d'en porter la première cueillerée à sa bouche.

On fut satisfait d'obliger un homme qui paraissait élevé aussi chrétiennement. L'intérêt qu'on lui portait s'accrut alors; chacun chercha à prévenir ses besoins; on envoya Julienne acheter un peu de vin, et ce repas fut une petite fête pour cette famille intéressante.

L'étranger paraissait bien malade, et le chagrin plus que la misère semblait tourmenter son âme. Il était soucieux, de fréquents soupirs s'exhalaient de sa poitrine.

— Allons, remettez-vous, Monsieur, lui dit le vieillard, déposez un instant le fardeau de vos peines, et livrez-vous à la gaîté que nous ressentons de vous avoir procuré cette petite douceur. Hélas! hier encore nous ne savions nous-mêmes comment nous procurer un morceau de pain. La Providence nous a été favorable aujourd'hui. Grâce à la chasse de mon fils, nous pouvons faire un bon souper, qui nous semble bien plus agréable partagé avec une personne qui souffre; ne vous désespérez pas, Dieu ne laisse jamais ses enfants qui croient fortement en lui, et espèrent en sa miséricorde. Vous ne serez pas toujours aussi malheureux.

On versa un verre de vin à l'infortuné voyageur, qui se sentit bien mieux dès qu'il l'eut avalé; ses forces épuisées semblaient renaître; il sourit avec bonté à cette vertueuse famille, sur laquelle il portait ses regards reconnaissants; il mangea une grive; il se trouva après bien plus fort et plus dispos.

— Quelle heure est-il? demanda-t-il à ses hôtes.

— Il est six heures, dit Joseph.

Il était nuit, et le temps s'était encore plus gâté.

— Il faut que je vous quitte; je dois me rendre à Marseille ce soir, des affaires pressantes réclament ma présence en cette ville: en suis-je loin encore?

— A une grande lieue. Si vous vouliez partager mon lit, dit Joseph, je vous l'offre de bon cœur. Vous ne pourrez point vaquer à vos affaires dans la soirée, et demain vous pourrez partir de bonne heure, ayant bien reposé pendant cette nuit. Réfléchissez, mais surtout que la crainte d'être importun ne soit point la cause de votre refus. Je ne propose jamais une chose que je ne serais point dans l'intention de donner.

— Que de bonté, quelle aimable pitié vous exercez, Monsieur! répondit l'inconnu; et ses yeux brillaient d'un feu nouveau, tandis que les larmes s'en échappaient furtivement.

» J'accepte, j'accepte en vérité, et, pour vous prouver ma gratitude, je vous raconterai une partie de mon histoire pendant la veillée que nous allons passer ensemble.

— Faites-nous un bon feu, Julienne, dit l'oncle, nous allons nous approcher du foyer, nous serons là plus à l'aise.

On débarrassa le pauvre de son chapeau et d'un petit sac qui contenait ses effets. Tous les enfants se promirent un grand plaisir pour la soirée, et se montrèrent aimables et obligeants envers l'hôte malheureux que le ciel leur avait envoyé.

— Puisque vous êtes si humains et si charitables envers moi, dit-il, je ne veux point être ingrat envers vous, je vous accorde dès ce jour toute ma confiance et mon amitié.

» Je suis né à Paris; je n'ai jamais connu mon père, qui, après une mésintelligence avec ma mère dont je n'ai jamais connu le vrai motif, me laissa au berceau, sans assurer mon avenir et celui de son épouse.

» Ma mère, à ce que j'ai appris plus tard, n'avait rien apporté en dot à mon père, qui était fort riche; elle dut songer dès-lors au travail, puisqu'elle restait seule chargée du soin de notre existence; elle ne se découragea pourtant point; elle devint infatigable. Je me souviens encore de lui avoir vu passer des nuits pour achever une broderie ou des objets de couture, dont le produit était indispensable pour avoir du pain pour la journée du lendemain.

» Que de vertu et de résignation il faut à une jeune femme qui se trouve dans la position de ma bonne mère! Est-il rien

de plus triste que de se voir lâchement oubliée par celui qui
jura aux pieds des autels de la protéger et de l'aimer toujours?
Ma mère m'idolâtrait; elle s'était privée bien souvent du nécessaire pour me procurer du superflu. A peine âgé de trois
ans, j'étais déjà son petit confident, son ami; elle me parlait
tout comme elle l'aurait fait à une grande personne capable
de la comprendre. C'est ce qui hâta ma raison et décida en
moi un caractère inquiet et mélancolique. Ma mère fut encore mon institutrice; elle m'enseigna à lire et à écrire : mes
progrès furent rapides; elle me procura des livres qui m'ins-
truisirent sur la religion, cette seconde mère qui n'oublie jamais ses enfants. Quelquefois je demandais mon père; mes
bras caressants se seraient si bien ouverts pour l'y serrer !
un baiser de ma mère me fermait la bouche :

— Aime-le, respecte-le, me disait-elle, c'est ton devoir,
mais je ne puis te donner la satisfaction de le connaître, puisque j'ignore moi-même dans quel pays il a porté ses pas!

» Un sombre nuage paraissait sur son front, et je me repen-
tais aussitôt de l'avoir affligée, me promettant bien de ne plus
récidiver mes questions à ce sujet.

» Les années s'écoulaient ainsi, je touchais à l'âge de huit
ans. Je me sentais fort et courageux; je désirais travailler
pour fournir aussi quelque argent à notre petit ménage. Je le
dis à ma mère, qui m'embrassa tendrement en me disant :

— Tu es bien jeune, Charles, pour songer à cela.

— Mais je m'ennuie, maman, lui disais-je; je sens qu'il
faut de l'activité à l'homme pour défier les inquiétudes.

— Pauvre petit, dit-elle, je te chercherai un emploi.

» Je fus satisfait et tranquille. Un jour je la vis arriver
plus joyeuse que de coutume.

— Charles, me dit-elle, je t'ai trouvé une place; c'est chez
un épicier que tu vas aller chaque jour; tu reviendras ici le
soir, n'ayant pu me résoudre à me séparer ainsi de toi.

— Combien gagnerai-je ? lui dis-je.

— Dix sous par jour pendant un an, et puis tu seras graduellement augmenté dans ton salaire. Cela te va-t-il?

— Parfaitement, ma bonne mère.

» Nous passâmes joyeusement la soirée; nous fîmes mille
projets : nous devions amasser une fortune considérable; nos
derniers jours devaient se passer dans une aisance que j'ambi-
tionnais déjà pour celle qui me tenait lieu de tout.

» Le lendemain, à six heures, j'étais à mon poste; ma docilité m'attira des éloges; je revins chez nous tout radieux; je
me crus un personnage important.

» Ces idées redoublèrent mon zèle et mon ardeur. Je pas-
sai là une année qui fut certainement la plus heureuse de ma
vie.

» M. Darvel, mon patron, était un homme d'honneur, un
bon père de famille, un travailleur infatigable; mais en revan-
che, il était fort difficile et fort bourru pour tous ses garçons
de boutique; il fallait toujours lui obéir en courant; il ne
pouvait nous voir un seul instant à rien faire, quelquefois il
se servait envers nous d'expressions grossières qui m'éloignaient de lui; cependant comme j'étais persuadé, d'après le
dire de ma mère, que le bonheur ne se trouve nulle part, si
ce n'est pourtant celui que nous pouvons nous procurer nous-
mêmes par la paix de notre conscience, je me résignai. Jamais
je ne répondis avec humeur aux ordres qu'il me donnait, ce
qui m'attira l'amitié de M. Darvel.

» Son épouse, j'aime à me rappeler ce doux souvenir, était
bien différente de lui sous ce rapport. Elle possédait une douceur de langage, une parfaite honnèteté, une vertu éprouvée,
qui la plaçaient au rang des anges terrestres. Que de fois j'ai
vu des larmes briller dans ses yeux lorsque son mari parlait
brusquement à tous les gens de sa boutique. Voulant autant
que possible effacer la fâcheuse impression que ces paroles

devaient nous faire', elle nous en adressait de douces, de pa-
tientes, en nous appelant pauvres petits.

» Un jour que M. Darvel était sorti pour toute la journée,
dans le but de faire des achats nouveaux, cette aimable femme
le remplaça au comptoir.

» Je fus fort surpris de l'entendre me dire :

— Charles, es-tu content avec nous ?

— Oui, Madame, lui dis-je; ne serais-je pas un ingrat si
je me plaignais de vous?

— Pauvre enfant, reprit-elle, ta docilité et ta parfaite pro-
bité mériteraient mieux ; tu nous a servis, nous t'avons payé,
c'est vrai ; pas assez pourtant selon ton mérite : c'est un reproche que je me fais journellement. Si mon mari voulait écou-
ter mes conseils, il doublerait ta faible rétribution ; tu gagnes
trop peu. Ta pauvre mère se fatigue excessivement; ce qui
détruit chaque jour sa santé. Mon Dieu ! pourquoi ne suis-je
point la maîtresse ?

— Vous connaissez donc beaucoup ma mère? lui dis-je
tout ému de sa compatissante tendresse.

— Oui, Charles; elle fut mon amie de pension : ces amitiés
là sont toujours solides.

— Vous savez tous ses malheurs aussi, sans doute?

— Oui, mon petit; j'ai vu souvent ton père.

— Mon père ! m'écriai-je. Existe-t-il toujours?

— Je le crois, mon ami. Il jouit de toutes les douceurs que
procure la fortune ; sans songer à sa femme et à son enfant.

— Mais qu'est-ce donc qui l'a pu séparer de ma mère , si
douce, si vertueuse ?

— Mon cher Charles, la richesse de l'un des époux, lorsque
l'autre en est dénué, est souvent un cruel malheur. Ta pauvre mère était en butte à des exigences et à des caprices in-
cessants de la part de ton père, dont le cœur n'était nullement
généreux : dominé par l'avarice la plus sordide, il se plaignait

de ne pouvoir faire aucune économie ; il refusait chez lui le nécessaire, tandis qu'il ne se privait de rien. Bien souvent ta malheureuse mère est venue pleurer sur mon sein : souvent j'ai réussi à relever son courage en lui parlant d'une autre vie, où elle serait à l'abri des persécutions et des peines, recevant la récompense de sa noble résignation aux décrets du Tout-Puissant.

» Tu es alors venu au monde, pauvre Charles : ta présence, tes caresses ont parlé à son cœur plus sûrement que moi. Ta mère, en te donnant la vie, renouvela la sienne : elle défia les adversités de l'atteindre ; son amour maternel l'a soutenue jusqu'à présent : vois combien tu dois de respect et d'amour à une femme, à une mère qui t'aime aussi tendrement.

—Oh ! Madame, je ne lui ai jamais manqué ; je n'ai point reçu d'elle le moindre reproche.

— Je le sais, mon enfant, tu as réalisé jusqu'à ce jour toutes les espérances qu'elle avait conçues ; persévère dans le bien, Charles : indépendamment du bonheur que tu procureras à ta mère, tu seras heureux toi-même par la satisfaction intérieure d'avoir rempli ton devoir le plus impérieux.

— Mais mon père, dis-je à cette vertueuse femme, ne le verrai-je donc jamais ? Quel anathème fut jeté sur mon front d'enfant ? Qu'ai-je donc fait pour qu'il soit assez cruel pour me ravir son amour ? Oh ! si je pouvais les réunir un jour, si je pouvais me dire : Ils sont heureux maintenant, et c'est l'ouvrage de leur fils ! Il me semble que je n'aurais plus rien à désirer sur la terre.

— Je le crois, mon bon Charles, je le crois ; ces sentiments te font honneur ; mais j'ai presque la certitude que tu ne pourras jamais réussir dans ce projet. Il est des hommes qui aiment leur liberté et l'argent au-dessus tout ; l'affection de mari et de père ne parle que faiblement à leur cœur. Malheureusement ton père appartient à cette espèce-là. Renonce à cette pensée généreuse, songe plutôt à devenir un jour le seul soutien de la vieillesse de ta mère ; remets à Dieu le soin de vous rapprocher tous ; l'âge amène souvent des réflexions salutaires ; il se repentira peut-être un jour des torts qu'il eut envers vous ; il les réparera alors ; venant à vous par sa seule volonté, il sera moins dur et plus aimant.

» J'écoutais dans un religieux respect tout ce que disait cette bonne madame Darvel, que je regardai dès-lors comme une seconde mère.

— Je suivrai vos avis, lui dis-je, puisque vous me voulez tant de bien.

Madame Darvel essuya ses yeux et me tendit la main, sur laquelle je déposai un baiser.

— Ne parle point à ta mère de notre conversation ; évite surtout de lui retracer le souvenir de ton père ; cette pensée doit lui être pénible.

» En cet instant les autres garçons rentrèrent dans la boutique. Madame Darvel mit un doigt sur sa bouche pour me prescrire le silence. Je me remis à l'ouvrage. Oh ! dès cet instant, je ne me regardai plus comme étranger parmi les deux époux ; je leur souriais, je prévenais leurs besoins comme je l'eusse fait envers des parents chéris.

» Cela me fit distinguer encore davantage de M. Darvel ; il me traita avec plus de familiarité et plus de douceur, il fut moins sourd aux prières de sa vertueuse épouse, car il me dit un soir : « Charles, à partir de ce jour, je te donne vingt sous. » Trente francs par mois, c'était beaucoup pour mon ambition d'enfant, aussi étant de retour à la maison, je laissai éclater devant ma mère tous les transports de mon innocente joie.

—Oh ! maman, lui dis-je en la serrant dans mes bras, nous allons devenir bien riches, je te prie de ne point trop te

fatiguer pour travailler, tu peux vivre avec le prix que je re-
çois, puisque M. Darvel me nourrit.

» Ma mère sourit avec amertume , j'ignorais , dans mon
inexpérience, qu'il fallait payer un loyer, s'acheter des vêtements, et pourvoir à un blanchissage qui est fort coûteux, en
cela qu'il faut le renouveler souvent.

— Chère Louise ! dit ma bonne mère, c'est à elle que tu
dois l'augmentation de ta paie, c'est une véritable amie que
nous possédons là mon enfant, témoigne-lui toujours par ton
respectueux dévouement, toute notre gratitude.

— Je l'aime de tout mon cœur, répondis-je.

— Ah ! mon fils, tu ne sais point encore tout ce que je dois
à sa tendresse. Je lui suis redevable d'une assez forte somme :
jamais je ne pourrai m'acquitter envers elle.

— Qu'en savez-vous, ma mère ? l'avenir m'appartient, et
si Dieu favorise mon amour pour le travail , je paierai votre
dette !

— Cette généreuse femme, continua ma mère, est un
ange de vertu ; Dieu a été juste envers elle , comme il l'est à
l'égard de toutes les créatures. Elle possède une fortune qui
lui fournit les moyens de compatir journellement aux prières
des malheureux ; souvent elle m'a prié de ne point songer à
la bagatelle qu'elle m'a donnée. C'est ainsi qu'elle s'exprima
lorsque ma funeste position me mit dans l'alternative de re-
courir à sa bienfaisance, ou de mourir de faim. Je lui apportait un reçu de la somme qu'elle me prêtait si généreusement ;
« Plaisantes-tu , me dit-elle en déchirant le papier avec la
plus aimable vivacité : l'amitié a-t-elle besoin d'écrit ? Non ,
je n'en veux point , ne songe jamais à me rendre ce que je
t'ai donné d'aussi bon cœur, sans quoi tu me forceras de
croire à ton indifférence. » Je me jetai dans ses bras , elle m'y
tint long-temps serrée : nous pleurions toutes les deux !...

» Madame Darvel est riche , elle n'a pas besoin de la somme

que je lui dois pour être plus heureuse, mais qui peut savoir si un jour l'adversité ne s'étendra pas sur elle? rien n'est stable sur la terre; Dieu veut éprouver le courage de la créature; alors, mon fils, si je ne suis plus, promets-moi de l'aider, de travailler sans te lasser pour lui rendre les cinq cents francs que je lui dois; soit pour elle ce qu'elle fut pour ta mère, une seconde providence; deviens son fils, promets-le-moi, Charles!

— Je vous le jure, ma mère; mais que parlez-vous de mourir? vous êtes plus jeune que cette dame.

— Est-ce une raison, cela, mon enfant? Est-il permis à quelqu'un d'attendre la mort dans un âge avancé? ne frappe-t-elle point les jeunes comme les vieux? Le ressort de ma vie est usé, ta tendresse seule empêche que mon âme ne s'échappe de son enveloppe mortelle. Pauvre petit! si jeune encore, que ferais-tu sans moi, sans mes soins?

— O ma bonne mère, cessez ce langage si vous ne voulez pas me voir cruellement souffrir; songez que l'aisance va désormais doubler vos forces; chassez de votre imagination ces sombres pensées que vous semblez caresser si complaisamment et qui détruisent votre existence.

» J'eus le bonheur de rendre momentanément un peu de gaîté à ma mère.

» Un bon fils possède toujours ce secret précieux. Les choses allaient ainsi au gré de mes désirs, lorsqu'une horrible catastrophe vint subitement me plonger dans le deuil : j'étais chez mon maître, bâtissant dans mon esprit des projets délicieux pour l'avenir, lorsqu'une voisine de ma mère vint me chercher pour me rendre auprès d'elle. Son air, sa voix me présageaient un malheur. Je cours chez nous. Hélas! ma mère était agonisante; un prêtre recevait sa dernière confession. En m'apercevant, elle s'écria :

— Mon père, apprenez à cet enfant à se résigner aux voies

mystérieuses de Dieu... Charles , approche que je te bénisse...
. Prie pour moi...

» Elle expira !...

» Je restai privé de sentiment. Le prêtre me fit porter chez
la voisine , où des secours me furent prodigués. L'homme de
Dieu ne m'avait point abandonné ; sa voix douce et conso-
lante fut un baume sur toutes mes plaies , elle excita des larmes abondantes qui me soulagèrent. Madame Darvel fut pré-
venue de ce malheur ; elle confondit sa douleur avec la mienne , et m'enseigna à modérer des transports et des cris qui ne
remédiaient à rien , et qui offensaient l'Etre suprême. Je me
calmai pour lui témoigner mon obéissance; mais ma tristesse, ainsi renfermée dans mon âme, s'accrut encore en
mettant le dernier sceau à une humeur noire qui ne m'a plus
quittée. Madame Darvel se chargea des obsèques, elle paya
tout. Elle m'emmena chez elle, étant trop petit encore pour
m'abandonner à moi-même.

— Tu deviendras mon enfant, me dit-elle avec une douceur que ma mère et elle seule possédaient.

» Je ne sais si monsieur Darvel fut content de ces nouveaux arrangements; mais rien ne me prouva qu'il y eût
souscrit avec quelque plaisir; il devint plus froid à mon égard;
je m'en affligeai sincèrement par la crainte de devenir la
pomme de la discorde entre ces époux. Autant il paraissait
glacé pour moi, autant l'ange-femme mettait d'ardeur pour
me témoigner son affection. C'était surtout lorsque les affaires
éloignaient l'époux de la boutique que son amitié devenait
plus expansive; je recevais des baisers maternels qui me rap-
pelaient ceux de ma bonne mère. Trois ans s'étaient passés
depuis ce malheureux évènement, j'avais treize ans, je venais de faire ma première communion; si j'étais peu satisfait, j'étais au moins résigné à mon triste sort; je pensais
fort souvent à mon père, le seul lien de famille qui me res-

tât. Que n'aurais-je point donné pour le connaître. Madame Darvel se refusait toujours à ce sujet de conversation.

— Tu ne serais point heureux près de lui, me disait-elle ; cherche à devenir quelque chose par toi-même; d'ailleurs j'ignore dans quel endroit il est.

» Je me taisais alors. Un soir que j'étais rentré dans un petit cabinet dans lequel je couchais, et qui était contigu à la chambre de mes bienfaiteurs, j'entendis parler avec force ; j'écoutai, voici ce que j'entendis ; le mari disait :

— Je te répète, Louise, que cela ne peut durer long-temps encore ; je commence à me lasser, on doit mettre des bornes à son bon cœur ; ce petit étranger nous est à charge ; j'ai des neveux que j'aime, et qui devraient être à sa place, il dévore leur fortune.

— C'est le fils d'une amie.

— C'est fort bien ; mais il a treize ans et demi ; il nous doit déjà beaucoup, puisque nous lui avons appris à travailler. Si nous recevions dans notre maison tous les enfants de nos amis, elle ne serait point assez spacieuse. Ma foi, je suis fatigué de tout cela, je te le dis pour la dernière fois, il faut qu'il s'en aille.

» J'entendis alors des sanglots, des gémissements ; c'était sans doute l'excellente madame Darvel qui songeait à moi, et ma triste infortune faisait couler ses larmes ; je portais donc la désolation dans cette famille ; j'en fus pénétré de tristesse, je ne dormis point pendant cette nuit ; je pris un parti, le seul qui convenait dans une semblable circonstance. Dès l'aurore naissante, je réunis mes hardes, je mis dans un sac les quatre cents francs que j'avais amassés par mes gages, je pris mon chapeau, et chargé d'un gros paquet, je me présentai devant les époux qui prenaient leur café au lait.

— Bon Dieu, Charles, où vas-tu ? s'écria l'amie de ma mère, tandis que la joie brillait dans les yeux de son mari.

— Je ne sais, madame; mais je dois quitter ces lieux, votre douce présence; je renonce au bonheur d'habiter près de vous; mais croyez bien que jamais je n'oublierai vos bontés; non, rien n'effacera de mon cœur cet amour de mère que vous me prodiguiez depuis si long-temps, votre nom chéri sera à jamais vénéré par le reconnaissant Charles.

— Eh bien! je l'approuve, dit l'épicier; il montre du caractère, c'est fort bien... Tu viendras nous voir, n'est-ce pas?

— Oh! puisque vous daignez me le permettre, aussi souvent que je le pourrai. Ne pleurez pas, chère madame Darvel, je reviendrai

» Je me mis alors respectueusement à genoux:

— Bénissez-moi, ma bonne, ma seconde mère, afin que je sois heureux.

» L'ange-femme étendit sa main sur ma tête, et ses pleurs imbibèrent mes cheveux. Elle se leva alors et m'accompagna sur la porte; là elle me dit:

— Charles, tu as tout deviné, tu es un noble et généreux enfant; que ton bon ange t'accompagne! Ecoute-moi, j'exige que, si jamais tu te trouves dans la gêne, tu recoures à moi; j'ai juré de te servir de mère, et je la serai tant que je vivrai; j'exige encore que tu viennes ici tous les dimanches, et que tu me fasses savoir le lieu où tu vas demeurer.

— Je vous obéirai.

— Maintenant, sois toujours vertueux, et Dieu versera sur ta tête toutes les bénédictions du ciel.

» Elle m'embrassa encore; nous pleurions tous deux, je m'échappai aussitôt.

Me voilà seul dans Paris, ville immense, qui offre tant de ressources et d'écueils.

— Que devenir, bon Dieu! me disais-je, maintenant que je suis l'arbitre de ma destinée. Ah! j'ai accompli un devoir qui coûte bien cher à mon cœur. Bonne madame Darvel, soyez heureuse; vous avez mérité, par vos éternels sacrifices, que Dieu vous donne cette récompense accordée à un petit nombre de mortels. Vous serez toujours ma mère.

» Ainsi je raisonnais en moi-même, en marchant au hasard; préoccupé comme je l'étais, j'étais souvent heurté par les passants, et je finis par m'ennuyer de cette marche qui devenait interminable si je ne donnais un but à mes intentions; je m'assis sur un quai.

» Après avoir mùrement réfléchi à ce qui me restait à faire, je convins de chercher une autre place chez un épicier; j'entrai dans un café, je pris une tasse de chocolat; je fus chercher un modeste cabinet, j'y déposai mes effets et mon argent, j'en emportai la clé avec moi. Je trouvai bientôt ce que je désirais, une condition qui me parut avantageuse; j'entrai en fonction de suite.

» J'ai peu de choses à vous dire, mes amis, sur les gens chez lesquels je fus placé; j'y demeurai six ans, c'est assez vous prouver que nous nous convenions mutuellement.

— Et la bonne madame Darvel, vous ne l'oubliâtes point sans doute, interrompit Mathurin.

Toute la famille sourit de la question de l'enfant; l'étranger lui tapa doucement sur la joue en lui disant :

— Certainement, mon petit ami, on n'efface point ainsi de son cœur des personnes aussi bonnes et aussi charitables qu'elle le fut pour moi; je ne l'oubliai pas, pas plus que je n'oublierai de ma vie le petit Mathurin, qui a été si aimable et si généreux envers moi ce soir.

— Oh! je n'ai rien fait, dit le doux enfant, presque fâché de s'être attiré un compliment aussi gracieux, qu'il croyait ne point mériter.

L'étranger continua :

» Je rendais de fréquentes visites à madame Darvel; elle

avait toujours l'air chagrin , et j'en crus deviner la cause dans
la présence de deux petits mauvais sujets, neveux de son
mari , qui la faisaient endêver fort souvent.

» J'étais arrivé à ma vingtième année sans connaître le
sort de mon père; je désespérais de jamais pouvoir le découvrir. J'avais réussi à amasser quinze cents francs d'économies,
et je me trouvais assez heureux dans ma position; mais le
bonheur était-il fait pour moi ?

» Je fus, à cette époque de ma vie , saisi par une maladie
affreuse qui faillit me donner la mort : je subis deux opéra-
tions de la pierre. J'avais toujours eu de la répugnance pour
les hospices , et c'est un tort que je me reproche, puisque la
suite m'a prouvé que là seulement l'être sans famille trouve
des cœurs dévoués : chaque sœur de charité est une tendre
mère pour les infortunés malades auxquels elle donne des
soins infatigables. L'art de la médecine y prodigue des secours;
enfin l'agonisant n'a jamais désiré en vain ces hommes dont
la plupart pratiquent les vertus du ciel , laissant bien au-des-
sous d'eux cette terre que souillent malheureusement tant de
vices.

» Je ne pensais point ainsi , prévenu que j'étais contre
ces salutaires établissements ; ma petite bourse était à sec,
et je n'étais point guéri encore. Je fus donc forcé de me faire
conduire à l'hôpital , dans lequel j'ai demeuré deux années.
Madame Darvel n'avait jamais cessé de me visiter pendant
ma longue maladie.

— Que ne puis-je te recevoir chez moi , pauvre Charles !
me dit-elle une fois ; mais je ne suis point maîtresse de mes
volontés... je ne suis point heureuse.

» Ces paroles, prononcées avec douceur, brisèrent mon
cœur; je versai des larmes. Elle me quitta... Hélas ! je ne
l'ai plus revue.

» Un jour que j'étais mieux que de coutume , et que

j'avais pu me lever et m'approcher du feu (nous étions dans le mois de septembre dernier) on me remit une lettre ; c'était l'écriture de M. Darvel ; voici ce qu'il me disait :

« MON CHER CHARLES,

» Je n'ai plus d'épouse, et vous plus de protectrice : cet
» ange a rejoint les anges. Avant de mourir, elle a re-
» gretté de ne pouvoir vous faire ses adieux. Elle m'a chargé
» de vous remettre ce papier : je vous l'envoie. Priez pour
» elle !

» DARVEL. »

» Vous comprenez tous ma douleur ! Je payais mon existence par des sacrifices et des pertes continuelles. Les sœurs
de charité partagèrent mon affliction, et m'exhortèrent à la
patience. Voilà le papier que m'envoyait madame Darvel :

« MON CHER CHARLES,

» Je ne m'oppose plus à ce que tu ailles chez ton père ;
» c'est le dernier moyen qui te reste maintenant que tu es
» d'une santé si délicate, et que tu ne pourras guère tra-
» vailler. Je ne pense point qu'il puisse exister des hommes
» assez dénaturés pour chasser un fils dans ta cruelle posi-
» tion. Il te protégera, c'est du moins ce que je demanderai
» à Dieu en paraissant devant lui. Ton père habite la ville
» de Marseille, en Provence : il possède deux cent mille
» livres de rente.
» Je t'envoie ton extrait de naissance, et l'acte de mariage
» de ta pauvre mère. Prends un passeport et achemine-toi

» aussitôt que tu le pourras vers cette cité, où t'attend
» peut-être le bonheur ; j'emporte cette douce espérance
» dans la tombe.

  » O mon fils ! mon cher Charles, je vais revoir ta mère,
» nous veillerons sur toi du haut du ciel.

  » Je ne puis t'envoyer aucun argent, on me surveille ; je
» pardonne à tous ceux qui m'ont rendue malheureuse, et
» toi, mon enfant, je te bénis.

  » Adieu, pour ce monde !

» LOUISE DARVEL. »

  » J'exécutai ses désirs. L'espoir de revoir mon père hâta
mes forces, j'essayais mes pas dans l'hospice. Oh! j'aurais déjà
voulu être sur la route de Provence.

  » L'hiver si rude qui se faisait sentir, mon état de faiblesse
qui continuait, mon manque d'argent, rien ne put me faire
renoncer au projet de me mettre en voyage.

  » Après avoir remercié autant de ma voix que de mes larmes, plus éloquentes encore, tous les êtres généreux de qui
j'avais reçu tant de témoignages d'une si parfaite et si sublime
charité, je quittai Paris par un temps gris et pluvieux ; je me
résignai à tendre la main pendant toute ma route ; j'offris à
Dieu cette nouvelle résignation comme une expiation des
fautes que j'avais pu commettre jusqu'alors. J'ai marché pendant un mois, ne trouvant pour abri pendant les nuits si
froides, si glacées, qu'un tas de neige pour appuyer ma tête
si endolorie par la maladie et les souffrances du moral. J'ai
trouvé quelques âmes généreuses qui ont voulu répondre à
ma prière en me donnant soit un morceau de pain, soit une
pièce de monnaie. O mes respectables hôtes ! vous seuls avez
daigné faire asseoir à votre table un malheureux étranger
couvert de haillons. Dieu vous rendra, si je ne puis le faire
moi-même, tout ce que je vous dois de bonheur. »

La pauvre famille trouva que c'était louer beaucoup si peu de chose.

— Vous allez donc connaître votre père, dit le vieillard.

— Oui, si madame Darvel ne s'est point trompée, je ne serai pas chassé de la maison paternelle.

— N'en doutons point, la Providence vous réserve ce bonheur !

— En vous voyant entrer ici, dit Joseph, je vous ai pris pour un vieillard, tant la maladie et la fatigue se sont appesanties sur vous ! Marcher pendant un mois sans ralentir un seul jour dans l'espoir d'embrasser son père !

» Nous nous réjouissons bien sincèrement de vous avoir engagé à partager notre souper, et surtout notre toit pour cette nuit ; il vaut mieux arriver un jour plus tard et paraître aux yeux de votre père moins abattu et moins souffrant.

Charles remercia avec bonté pour cette sollicitude qu'on lui témoignait d'une manière aussi touchante : il caressa Mathurin, qui l'intéressait surtout beaucoup.

— N'est-ce point cet ange qui m'a mené près de vous ?

Il était minuit : on engagea Charles à se coucher ; avant de se mettre au lit à côté de Joseph, il se joignit aux prières que Julienne faisait à haute voix et que tous répétaient tout bas. Malgré la fatigue, il mit ses genoux à terre ; il joignit ses mains décharnées.

On se coucha après que ce devoir fut rempli.

— Oh ! s'écria Charles, que de reconnaissance ne vous dois-je pas pour ce repos que vous m'avez offert et qui m'était si nécessaire ! Comme il est bon de pouvoir enfin allonger ses membres sur un lit !

Tout en parlant ainsi, l'infortuné s'endormit en murmurant des mots de gratitude.

A peine fut-il jour que Joseph s'habilla pour aller à la chasse.

— Dormez, dit-il à l'étranger, attendez que mon père et mes neveux soient levés, vous déjeûnerez ensemble.

— J'attends, dit Charles, car je ne veux pas devenir importun.

Joseph sortit; le vieillard n'avait point été réveillé; les enfants goûtaient le plus doux sommeil.

Charles se livrait à ses réflexions. La crainte d'être repoussé, la joie de connaître son père, l'agitaient successivement. Huit heures sonnaient au hameau; il ne put maîtriser son impatience; il sauta en bas du lit, tout le monde s'éveilla.

— Vous êtes peu matinal, bon papa, dit Charles au vieillard.

— Vous en êtes la cause, bon jeune homme; j'ai pensé à vous, à vos infortunes pendant la nuit entière; je ne me suis endormi que vers le matin.

Tous les enfants furent habillés en peu d'instants; on alluma du feu, Julienne fit chauffer du lait, qu'on but avec plaisir.

— Je vais partir, bon père, dit Charles, Dieu fasse que mes vœux soient exaucés! puisse l'amour de mon père me dédommager de mes fatigues et de mes chagrins. Je reviendrai, si je suis plus heureux, dans cette chaumière où j'ai reçu les premières paroles d'amitié depuis que celles de madame Darvel me manquaient.

« Bon petit Mathurin, je reviendrai te remercier. »

— Revenez aussi si vous êtes pauvre, répondit l'enfant; bon papa partagera encore sa soupe et son lit avec vous.

— Aimable enfant!

Après avoir embrassé l'aïeul et les petits, Charles, impatient de connaître son sort, quitta la cabane hospitalière, promettant d'y revenir.

On parla de lui toute la journée, on fit des vœux pour son bonheur, et, lorsque Joseph revint, il s'en informa affectueusement.

Joseph était satisfait de sa seconde chasse; il avait rapporté de quoi doubler la somme qu'il avait reçue de la première vente.

Tous les enfants, guidés par Mathurin, rapportaient du bois chaque soir, et le bon papa, pour les récompenser de leurs bons services, leur racontait de petites historiettes qui fortifiaient en eux l'amour de la sagesse.

L'hiver, qu'on avait tant redouté, s'écoulait assez tranquillement.

Un mois venait de finir depuis que l'étranger avait reçu l'hospitalité de ces bons villageois; on parlait souvent de cette soirée, dans laquelle il avait raconté ses malheurs; on aurait bien désiré connaître son sort; on était étonné de son silence, on craignait qu'il ne fût encore malade.

Un dimanche matin, on entend rouler un cabriolet dans la rue : Mathurin était sur la porte, il s'écria :

— Bon papa! bon papa! un riche monsieur descend de voiture et demande à vous parler!

En effet, un jeune homme habillé avec élégance, entre lestement dans la chaumière, en serrant dans ses bras tous les habitants qui s'y trouvaient réunis.

— Et quoi! monsieur Charles, c'est vous! dit Joseph à celui que personne n'avait reconnu, tant il avait changé de visage et de vêtements.

— Oui, c'est bien le malheureux mendiant qui vient vous faire part de son bonheur et de sa joie. Mon père m'a rendu son affection, il m'a comblé de dons et de caresses : je suis aussi fortuné et puissant que j'ai été malheureux et souffrant.

Je viens vous faire jouir de ma félicité, mes bons amis, et

vous demander une grâce. Voulez-vous me prouver votre amitié?

— Que faut-il faire pour cela? dirent le père et le fils.

— Recevoir cette bourse qui m'est inutile, et qui peut assurer votre bonheur.

— Nous ne la voulons pas, dit le vieillard.

— Ecoutez, dit Charles, vous allez me fâcher et me porter malheur; mon père est immensément riche, il n'a cru mieux réparer ses torts envers ma mère, qu'il regrette maintenant qu'il l'a perdue, et envers moi, qu'en me disant, lorsqu'il me vit tout déguenillé, dans l'état enfin où vous m'avez vu, sans dédaigner de m'admettre parmi vous : — Est-il possible, s'est-il écrié, que tu aies autant souffert, pauvre enfant! Je suis avare, a-t-il dit, mais je m'engage à te donner une somme de trois mille francs chaque année, afin que tu les prodigues à des infortunes semblables aux tiennes. J'ai serré les mains de mon père, qui me donnait une preuve d'amour aussi délicate. Puis-je mieux faire que de remettre cette somme dans des mains aussi pures que les vôtres, à des créatures aussi malheureuses que vous? Cela n'est rien encore : vous avez un ami, un véritable ami, je vous le prouverai.

La pauvre famille était radieuse de satisfaction. Les enfants se jetèrent aux genoux de l'étranger, et, tandis que Joseph essuyait ses pleurs, le vieillard s'écriait : O mes enfants, vous en voyez encore une preuve : « le bien et le mal que nous faisons nous sont également rendus! »

Barbou frères Éditeurs   Imp Lemercier, Paris.

Le petit espiègle.

LE PETIT ESPIÈGLE.

 « Paul, Paul, disait madame Beauregard à son fils, votre maître d'écriture vous attend, et il est bien temps de venir prendre votre leçon. » Mais Paul, qui n'aimait qu'à jouer, et pas du tout à s'instruire, avait couru se cacher au sommet d'un gros noyer, dont le feuillage épais le dérobait aux recherches que l'on faisait de sa petite personne. Le maître, voyant que son jeune écolier ne venait pas prendre

sa leçon, s'impatienta, et alla donner ses soins à d'autres
élèves plus dociles. Madame de Beauregard, irritée de la dés-
obéissance de son fils, se promit de lui infliger, à son retour,
une punition sévère, qui l'empêcherait, à l'avenir, d'être aussi
dissipé. Mais le petit étourdi, qui se doutait bien de cette dé-
cision, et qui sentait d'avance combien elle serait juste, pensa
aux moyens de s'y soustraire : il ne crut pas pouvoir en trouver de plus efficace que d'attaquer la sensibilité de sa maman,
dont il était tendrement aimé. S'étant amusé à jeter des noix
sur la tête de toutes les vieilles femmes qui passaient sur la
route, il se détermina enfin à descendre, bien sûr que le maître d'écriture était trop loin pour qu'il eût à redouter de prendre une leçon que son humeur sauvage lui faisait regarder
comme très-ennuyeuse. Mais il fallait trouver le moyen de
ne pas être puni, et son imagination, fertile en inventions,
lui en suggéra un.

Il coupa une branche d'arbre, revint à la maison en s'appuyant dessus fortement, et prétendit qu'il était tombé et
s'était donné une entorse en voulant courir trop vite pour
venir prendre sa leçon d'écriture. Désarmée par ce récit, madame de Beauregard perdit toute idée de punition; elle fit
coucher Paul, on lui mit des compresses d'eau de boule sur
la jambe; il paraissait seulement surprenant à sa maman que
cette entorse si douloureuse n'eût point fait d'enflure. Mais
Paul se plaignait avec tant de vérité, ses souffrances parais-
saient si naturelles et si vives, que, loin de le gronder, madame de Beauregard n'avait la force que de le plaindre et de
le consoler. On lui livra même un énorme carton rempli de
gravures, dont la revue devait servir à le distraire; car, reconnaissant son caractère impatient, sa maman craignait que
l'ennui que devait lui causer une retraite forcée n'augmentât
ses souffrances. C'était bien l'intention de Paul de ne pas
prendre de leçon, mais il n'entrait pas dans ses calculs de

garder le lit ; et cependant il sentait fort bien que, s'il annon-
çait une trop prompte guérison, sa maman pourrait conce-
voir des soupçons. Le carton de gravures était loin de remplacer pour lui le bonheur de polissonner ou de courir. Le
médecin qu'on avait appelé, n'ayant rien trouvé de luxé dans
les nerfs, ni rien de gonflé dans les chairs, s'était douté de la
ruse du petit bonhomme, et, pour le punir de sa mauvaise
foi, ainsi que de n'avoir pas craint de causer de l'inquiétude
à sa maman, toujours si bonne pour lui, il avait voulu le
corriger en ordonnant une diète rigoureuse, et défendant bien
qu'il sortît de son lit ; de sorte qu'au bout de trois jours, Paul
regrettait sincèrement de n'avoir pas pris sa leçon, et trouvait
bien plus pénible l'inactivité à laquelle on l'avait condamné
que l'assiduité d'une heure de leçon, après laquelle il aurait
été libre de s'amuser à son gré. Faisant arriver sa guérison
graduellement, après avoir gardé le lit pendant huit jours,
il reprit ses occupations journalières, et se promit bien de ne
plus employer une ruse qui lui avait si mal réussi.

En sa qualité de fils unique, Paul était passablement gâté ;
ses volontés devenaient des lois pour tout ce qui l'entourait,
et, quoiqu'il ne fût pas méchant, il était souvent tyrannique :
tant on avait l'habitude, non-seulement de ne pas le contra-
rier, mais encore de prévenir ses désirs.

Un jour où sa maman donnait un grand dîner, comme
Paul était assez friand, il fut à la cuisine et à l'office pour
s'informer de ce qui pourrait flatter sa sensualité ; beaucoup
de friandises étaient rangées dans l'office, entre autres une
tourte d'abricots qui avait la plus délicieuse mine, et une
odeur si séduisante que Paul ne put résister à la tentation de
s'assurer si elle était aussi bonne en réalité qu'en apparence.
D'abord il enleva une moitié d'abricot qui couvrait le plan-
cher de pâtisserie. Oh ! comme il la trouva bonne cette moitié !
« Bah ! il ne m'en coûtera pas plus d'en manger une seconde,

pensa le petit gourmànd, et, si je suis grondé, au moins je
me serai bien régalé. » Aussitôt dit, aussitôt fait. Mais ce second larcin laissait un vide si énorme que Paul ne savait plus
comment faire pour y remédier; et, tout en réfléchissant, il
mangeait si bien les abricots qu'à la fin il n'y en eut plus du
tout. Pour faire disparaître tout-à-fait les traces du délit, il
avait déjà commencé à entamer la pâtisserie, lorsque la cuisinière, qui avait épuisé ses talents à rendre cette tourte excellente, vint à l'office pour s'assurer si elle était suffisamment
refroidie, afin de la saupoudrer d'un sucre bien blanc, qui
devait encore rehausser sa bonne mine. O douleur! elle voit
Paul croquant le chef-d'œuvre de son art; un cri de désespoir
lui échappe, et, pour venger son honneur, qui aurait été
compromis s'il avait manqué un plat d'entremets au repas,
elle donne au ravisseur de la tourte un grand coup de poing
entre les épaules. Etourdi de cette attaque, Paul se retourne,
et voit Catherine pâle de colère, l'œil hagard, les lèvres trem-
blantes, puis s'apprêtant à redoubler la correction. Balancé
entre le désir d'achever la tourte et la crainte de recevoir la
grêle de coups de poings que Catherine lui destinait, Paul se
détermina pour le premier parti, et, sans lâcher l'excellente
pâtisserie qui satisfaisait sa gourmandise, il sauta légèrement
par-dessus l'épaule de Catherine, qu'il faillit renverser, et
s'enfuit tout au fond d'un bosquet qui terminait le jardin, afin
d'y consommer en paix le reste de la tourte.

Pendant ce temps, la cuisinière avait été porter ses plaintes
à madame de Beauregard, qui fut très-contrariée de ce que
la gourmandise de son fils avait dérangé la symétrie de son
dîner. Cependant elle ordonna à Catherine de se taire, et de
laisser croire à Paul qu'elle pensait qu'il était assez puni par
les coups de poings qu'elle lui avait donné; mais elle se proposa d'humilier tellement son amour-propre que peut-être la

leçon qu'elle projetait suffirait pour corriger Paul de son excessive étourderie.

A peine le petit gourmand avait-il achevé la tourte, qu'il pensa sérieusement aux suites que sa témérité pouvait avoir ; car tel est l'ascendant de l'imprudence que, si l'on réfléchissait avant de faire une sottise, on n'en commettrait jamais. Le plaisir de manger une bonne chose, dont sans doute il aurait eu sa part, avait passé bien promptement ; tandis que la crainte des reproches, des punitions, empoisonnait des moments qu'il aurait pu consacrer à la gaîté. Si cela avait été à recommencer, il ne l'aurait pas fait ; car il se trouvait inquiet et malheureux. Mais le passé n'était plus en son pouvoir, et il fallait tirer du présent le meilleur parti possible.

Il pensa que le plus important pour lui était de mettre Catherine dans ses intérêts, et de ne lui témoigner aucune rancune des coups de poings qu'elle avait si bien appliqués ; et, pour suivre cette idée, il revint lentement du jardin, et descendit à la cuisine avec un petit air contrit qu'il crut tout-à-fait propre à toucher la bonne Catherine.

« Eh bien! lui dit-elle en le voyant entrer, vilain gourmand, venez-vous encore *chipper* quelque chose dans ma cuisine ?

— Non, ma chère Catherine ; mais la tourte était si bonne que le diable m'a tenté, et...

— Oh ! sans doute, le diable ; il faut qu'il vous tente bien souvent, car vous êtes un mauvais singe.

— Je ne suis pas pourtant méchant, ma petite Catherine.

— Non, c'est le chat! s'il y a une troupe estropiée, un chien battu, un enfant pincé dans le village, on n'a qu'à demander par qui, et l'on sera bien sûr d'avance que l'on dira : *C'est monsieur Paul.*

— On en dit plus que je n'en fais, Catherine.

— Sans doute : qui est-ce qui a cueilli les belle pêches de

la mère Bastien avant qu'elles ne fussent mûres ? qui est-ce
qui a écrémé trois terrines de lait chez la mère Nicolas ? qui
est-ce qui a placé une tête à perruque dans le lit de Françoise
Perrin, qui l'a trouvée en se couchant, et qui a manqué en mourir de frayeur ? Ce n'est pas vous, n'est-ce
pas ?

— Pourquoi aussi est-elle si bête que d'avoir peur.

— Allez, monsieur Paul, vous ne serez jamais qu'un mauvais garnement.

— Oh ! Catherine, comme tu donnes des coups de poing !

— Tant mieux, je voudrais les avoir donnés encore plus
fort.

— Tu t'y entends aussi bien qu'à faire les tourtes aux a-
bricots.

— Ne m'en parlez pas de cette chienne de tourte!

— Tu es donc toujours bien en colère contre moi ?

— Si j'osais, je vous arracherais les yeux.

— Ma petite Catherine !

— Mauvais sujet !

— Pardonne-moi, je t'en prie.

— Oui, oui, câlinez bien à présent.

— Vrai, je suis bien fâché de t'avoir fait de la peine.

— Oh ! l'hypocrite !

— Non, je t'assure, et je voudrais qu'il y eût encore une
tourte à l'office pour te prouver ma sagesse.

— Je ne m'y fierais pas.

— Cependant tu peux m'en croire. Mais maman que dira-
t-elle de cela ?

— Il fallait y penser auparavant.

— Le sait-elle ?

— Il faudra bien qu'elle le sache toujours.

— Il ne tiendrait qu'à toi...

— Comment voulez-vous que je fasse ?

— Une autre tourte...

— Est-ce que j'ai le temps ?

Comme Paul entendit sa maman, il se sauva avant d'avoir eu le temps d'expliquer sa pensée toute entière à Catherine ; mais il rôda autour de la salle à manger, afin de lire sur la physionomie de sa mère, lorsqu'elle y viendrait, si elle était instruite et bien fâchée contre lui. En ayant été accueilli comme à l'ordinaire, il présuma que Catherine avait trouvé un moyen de pallier sa sottise ou de la réparer et, tout joyeux de cette espérance, il fut prévenant, attentif, proposa à sa maman de l'aider pour mettre le couvert, et fit toutes les petites gentillesses qui pouvaient le faire rentrer en grâce, en supposant que madame de Beauregard eût été instruite ; ce qui ne lui paraissait pas présumable d'après le calme avec lequel elle lui parlait.

Comme l'heure de recevoir les convives approchait, Paul reçut l'ordre d'aller faire sa toilette et de la soigner le mieux qu'il lui serait possible. Il obéit avec joie et promptitude à cet ordre, qui lui parut une preuve certaine que sa maman n'était pas fâchée contre lui.

Les personnes invitées pour le dîner arrivèrent successivement, et furent reçues avec la grâce et l'amabilité qui distinguaient particulièrement madame de Beauregard. Paul fut aussi très-gentil, et tout le monde félicitait sa mère d'avoir un enfant aussi aimable ; ce qui comblait de joie le petit bonhomme, dont l'amour-propre était singulièrement flatté par ces éloges. Sa mère les écoutait aussi avec complaisance ; car quelle est la mère dont la tendresse ne jouisse pas délicieusement en entendant les éloges qu'on fait de ses enfants ?

Comme la société était composée de personnes très-aimables, le dîner fut charmant ; le premier service ne donna guère le temps de se livrer à la causerie, car l'appétit réclamait l'exercice de ses droits ; et la cuisine de Catherine était si bon-

ne, si succulente, qu'il n'y eut qu'une voix dans toute l'as-
semblée pour lui donner le titre de *cordon bleu*. Le second
service, qui s'était fait un peu attendre, causait à Paul de
violentes palpitations de cœur, dans la crainte que les lois de
la symétrie, dérangées par sa faute, ne vinssent à découvrir
une sottise qu'il se reprochait amèrement.

Le nombre complet des plats qui composaient ce service le
rassura un peu, mais il y en avait un dont la singulière apparence était faite pour exciter la curiosité. Un grand plat
bien blanc, couvert de deux serviettes arrangées avec beaucoup d'élégance, ne laissait pas deviner ce qu'il pouvait con-
tenir, et attirait tous les regards. Après avoir laissé quelques
instants la curiosité en suspens, madame de beauregard pria
un monsieur assez âgé, qui avait l'air très-imposant, de vouloir bien faire les honneurs du plat *anonyme*.

Pour lui obéir, il mit la main dans les serviettes, et n'en
retira qu'une belle feuille de papier pliée en quatre, qu'il
ouvrit pour en faire la lecture, après avoir reçu une nouvelle
prière de la maîtresse de la maison, et il lut ce qui suit :

« Jalouse de vous offrir quelque chose qui pût satisfaire
» votre sensualité, Catherine s'était surpassée dans une tour-
» te aux abricots qui devait compléter la symétrie du service.
» Cette tourte reposait dans l'office sous la garantie de la bon-
» ne foi et de la confiance, lorsqu'un gourmand, attiré sans
» doute par l'odeur appétissante et la bonne mine de cette
» pàtisserie, et inspiré par son mauvais génie, s'est emparé,
» sans pudeur, du plat qui vous était destiné, et l'a mangé
» entièrement. Je regrette beaucoup que cet attentat vous ait
» privés d'une chose qui aurait pu vous être agréable, mais
» ce que je regrette encore plus, c'est que le coupable est....
» mon fils. »

Tous les yeux se tournèrent à l'instant sur Paul, dont la
contenance embarrassée, les regards baissés, la rougeur et les

larmes, annonçaient la honte et le repentir. Un silence de quelques minutes succéda à la lecture de cet écrit accablant. Mais, touché de la douleur de l'enfant, dont les sanglots étouffés annonçaient qu'il sentait aussi vivement la faute que la punition, celui qui avait lu le papier intercéda en sa faveur, et, après lui avoir fait une courte et touchante remontrance, il supplia sa mère de lui pardonner une sottise dont il était bien sûr qu'il ne perdrait pas le souvenir de long-temps.

Madame de Beauregard accorda le pardon désiré, et chacun s'empressa de faire de généreux efforts pour consoler Paul de l'humiliation qu'il venait de subir.

Ainsi que madame de Beauregard l'avait espéré, cette le-çon lui fit une si forte impression que, de ce moment, il de-vint aussi doux et aussi raisonnable qu'il avait été auparavant polisson et espiègle. Catherine était tout émerveillée de cette conversion; et, si quelquefois, par un retour de ses ancien-nes habitudes, il essayait de la faire endêver, elle était bien sûre de le faire cesser à l'instant, en lui rappelant la tourte aux abricots.

COURAGE HÉROIQUE D'UNE JEUNE FILLE.

Après la bataille de Fleurus, lorsque les troupes françaises entrèrent dans la Belgique, la nièce d'un sacristain de Bruxelles signala sa charité d'une manière héroïque, en sauvant un Français qui s'y était réfugié.

Menacé d'être pris, il fuyait dans les rues de Bruxelles : une jeune fille, assise devant une porte, et entraînée par le seul intérêt qu'inspire un malheureux, l'arrête en lui criant :

— Vous êtes perdu si vous allez plus loin.

— Si je retourne, lui répondit le militaire, je le suis également.

— Eh bien ! reprit-elle, entrez ici.

Il accepta.

Après lui avoir appris qu'elle le recevait dans la maison de son oncle, qui ne lui permettrait pas de le sauver s'il en était instruit, elle le conduisit dans une grange, où il se cacha.

A peine il faisait nuit que quelques personnes vinrent s'y livrer au sommeil. La jeune fille les suivit sans en être aperçue, et dès qu'ils furent endormis, elle en profita pour tirer le Français de ce lieu trop peu sûr ; mais, comme il s'échappait, l'un d'eux se réveilla et le saisit par la main.

A ce mouvement, elle s'élança entre eux en disant :

— Làchez-moi donc, c'est moi qui viens.

Elle n'eut pas besoin d'achever ; le soldat trompé par la voix d'une femme, abandonne son captif.

Elle va dans sa chambre, prend les clés de l'Eglise, et, une lampe à la main, elle l'ouvre au Français. Ils arrivèrent à une chapelle que les ravages de la guerre avaient dépouillée de ses ornements. Derrière l'autel était une trappe difficile à apercevoir. Dès qu'elle l'eut levée :

— Voyez, lui dit-elle, cet escalier sombre, c'est celui d'un caveau qui renferme les restes d'une famille illustre; il est probable que l'on ne vous soupçonnera pas dans ce lieu; ayez le courage d'y demeurer jusqu'à ce qu'il se présente une occasion favorable à votre évasion.

Le Français ne balance pas, il descend avec confiance. O surprise ! les premiers objets qu'il aperçoit à la clarté de la lampe sont les armes de sa famille, originaire de ce pays ; il reconnaît les tombeaux de ses aïeux; il les salue avec respect; il touche avec attendrissement ces marbres chéris.

La jeune fille le laissa au milieu de toutes ces impressions. Leur douceur, et surtout l'espérance de trouver une épouse

qu'il adorait, lui firent oublier quelque temps l'horreur de son
habitation; mais deux jours s'étaient passés, et il ne voyait
pas revenir sa libératrice.

Il ne sut qu'imaginer : tantôt il craignait qu'elle n'eût été
la victime de ses services; tantôt il tremblait qu'elle ne l'eût
oublié. Le besoin de la faim se joignit à ces idées effrayantes,
et il n'eut plus devant les yeux que l'image d'une mort plus
horrible que celle qu'il avait évitée. Ses forces s'épuisèrent; il
tomba presque sans connaissance sur le cercueil d'un de ses
ancêtres.

Cependant un bruit se fit entendre; c'était la voix de la
sensible nièce du sacristain qui l'appelait. Accablé par la joie
comme par la faiblesse, il ne put répondre. Elle le crut mort,
et laissa tomber la trappe en gémissant.

Le malheureux, épouvanté, fit un grand cri. Elle l'entendit, et accourut. Elle se hâta de lui présenter des aliments,
lui expliqua la cause de ses retards, et l'assura que ses précau-
tions étaient si bien prises que désormais on ne lui en ferait
plus éprouver.

Elle venait de le quitter, lorsqu'un cliquetis d'armes frappa
son oreille; elle rentre précipitamment dans le caveau, en
recommandant au Français de garder le silence.

C'étaient, en effet, des hommes armés que le sacristain,
accusé d'avoir introduit un émigré dans l'église, et ignorant
la conduite de sa nièce, y conduisaient pour qu'ils y fissent
leurs perquisitions.

Rien n'échappa à leurs regards, ils visitèrent partout, ils
marchèrent même sur la trappe. Quel moment alors pour les
deux captifs! chaque pas qui l'ébranlait répondait à leur cœur,
et leur semblait être l'approche de leur dernier moment.

Cependant le bruit s'éloigna peu à peu, et finit par se dissi-
per entièrement. La jeune fille sortit, encore inquiète, par-
courut l'Eglise, y trouva une profonde solitude, vint rassurer

le Français alarmé, et se retira. Le lendemain et les jours sui-
vants, elle lui apporta exactement sa nourriture.

Il resta ainsi long-temps dans ce souterrain sous la garde
de cette généreuse fille, jusqu'à ce qu'un moment de tranquil-
lité étant arrivé, elle l'en avertit, et lui rendit la liberté.

Il dit un adieu tendre et respectueux aux cendres de ses
ancêtres, sortit vivant de ce tombeau, gagna la campagne, et
rejoignit bientôt une épouse chérie dont la présence et l'amour
lui firent encore plus apprécier le bienfait de sa généreuse
libératrice.

CYRILLE.

 Durant la persécution de l'empereur Valérien, un enfant, nommé Cyrille, montra, à Césarée, en Cappadoce, une sagesse et une force si supérieures à son âge, qu'on ne peut s'empêcher d'y reconnaître une opération sensible de l'esprit divin, qui l'éclairait et le soutenait.

Comme il glorifiait publiquement le nom de Jésus-Christ, il eut d'abord à essuyer les dérisions des autres enfants, et les duretés de ses proches, qui étaient païens, il fut même chassé de la maison paternelle, et destitué de tout secours. Mais les mauvais traitements, les railleries et l'état d'abandon où il était réduit, ne lui firent rien perdre de sa ferveur.

Pour triompher de sa fermeté, on le fit comparaître devant le juge, qui, après avoir employé inutilement les menaces et les caresses, ordonna, dans l'intention seulement de lui faire peur, qu'on le liât publiquement, comme pour le traîner au supplice.

Le bienheureux enfant ne versa pas une larme, ne changea point de couleur; il s'avança, au contraire, avec empressement vers le feu où on feignait de vouloir le jeter; et quand on l'eût éloigné, et qu'il parut devant le juge:

— Tyran, lui dit-il d'un air inspiré, tu m'as fait injure, en me rappelant du trépas; le fer et le feu sont les seuls dons que je demande. J'aspire à des richesses que tu n'as pas le pouvoir de me donner; ne m'en prive pas plus long-temps par tes jeux et tes fourberies.

Les assistants fondaient en larmes en l'entendant ainsi parler; mais il leur dit:

— Vous devriez plutôt vous réjouir et prendre part à mon triomphe. Vous ignorez quel royaume m'est ouvert, et le bonheur ineffable qui m'attend.

Il souffrit la mort dans ces admirables dispositions, et il prouva, par son exemple, que, malgré la faiblesse de leur âge, les enfants même deviennent des héros, quand ils sont animés par la religion.

L'ÉCOLIER CHARITABLE.

Un écolier qui étudiait au collége d'Harcourt, ayant rencontré un pauvre couvert de haillons, le reconnut pour un ancien domestique qui avait autrefois servi chez ses parents. Touché de la plus tendre compassion sur son infortune, à laquelle ni la paresse ni les vices n'avaient aucune part, il lui assigna un rendez-vous secret pour le lendemain matin, au collége d'Harcourt, et lui donna, pour premier secours, tout l'argent qu'il possédait alors, et la portion de pain destiné à son déjeûner, avec ordre de revenir, l'après-dîner, prendre celle qui devait servir pour son goûter.

Il le fit loger dans une maison honnête, et paya son loyer pendant huit mois; il le nourrit pendant le même temps, avec le pain qu'on lui donnait pour son déjeûner et pour son goûter, et avec l'argent qu'il recevait de ses parents pour ses menus plaisirs.

Il lui acheta ensuite un habit pour le mettre en état de solliciter un emploi, et le fit entrer comme domestique dans une maison où sa mère avait quelque liaison.

Cette mère du bienfaisant jeune homme, dînant un jour chez son amie, reconnut son ancien laquais, et apprit de sa bouche l'histoire de sa vie depuis qu'il avait quitté son service.

Il lui raconta surtout, avec le plus grand détail, tout ce que son fils avait fait pour lui; et la mère, qui l'avait entièrement ignoré jusqu'alors, en fut si charmée que, se félicitant d'avoir un fils si modeste et si charitable, elle doubla la somme qu'elle avait coutume de lui donner pour ses menus plaisirs, et dont il faisait un si bon usage.

www.ingramcontent.com/pod-product-compliance
Lightning Source LLC
Chambersburg PA
CBHW060444260626
47161CB00005B/2064